MESTRES ANTIGOS

THOMAS BERNHARD

Mestres Antigos
Comédia

Tradução
Sergio Tellaroli

COMPANHIA DAS LETRAS

Copyright © 1985 by Suhrkamp Verlag Frankfurt am Main

O tradutor agradece o apoio da Kunststiftung NRW e do Colégio Europeu de Tradutores (Europäisches Übersetzer-Kollegium, EÜK). *Mestres Antigos* foi traduzido entre os meses de março e maio de 2017 no Colégio Europeu de Tradutores de Straelen, na Alemanha.

Grafia atualizada segundo o Acordo Ortográfico da Língua Portuguesa de 1990, que entrou em vigor no Brasil em 2009.

Título original
Alte Meister. Komödie

Capa
Victor Burton

Foto do autor
© Andrej Reiser/ Suhrkamp Verlag

Preparação
Márcia Copola

Revisão
Valquíria Della Pozza
Tatiana Custódio

Dados Internacionais de Catalogação na Publicação (CIP)
(Câmara Brasileira do Livro, SP, Brasil)

Bernhard, Thomas, 1931-1989
  Mestres Antigos : Comédia / Thomas Bernhard ; tradução Sergio Tellaroli. — 1ª ed. — São Paulo : Companhia das Letras, 2021.
  Título original: Alte Meister. Komödie.
  ISBN 978-65-5921-329-0
  1. Ficção austríaca I. Título.

21-70838   CDD-833

Índice para catálogo sistemático:
1. Ficção : Literatura austríaca 833
Cibele Maria Dias – Bibliotecária – CRB-8/9427

[2021]
Todos os direitos desta edição reservados à
EDITORA SCHWARCZ S.A.
Rua Bandeira Paulista, 702, cj. 32
04532-002 — São Paulo — SP
Telefone: (11) 3707-3500
www.companhiadasletras.com.br
www.blogdacompanhia.com.br
facebook.com/companhiadasletras
instagram.com/companhiadasletras
twitter.com/cialetras

MESTRES ANTIGOS

A *pena equivale à culpa: ser privado de todo prazer de viver e conduzido ao mais alto grau de enfastiamento com a vida.*

Kierkegaard

Tendo combinado de me encontrar com Reger somente às onze e meia da manhã no *Kunsthistorisches Museum*, o Museu de História da Arte, às dez e meia eu já estava lá, a fim de, como me propusera fazia tempo, poder observá-lo do melhor ângulo possível sem ser incomodado, escreve Atzbacher. Como Reger tem seu posto matinal na chamada Sala Bordone, diante do *Homem de barba branca* de Tintoretto, sentado no banco de veludo do qual ontem, depois de me explicar a sonata conhecida como "A tempestade", deu prosseguimento a sua palestra sobre *a arte da fuga, pré*-Bach e *pós*-Schumann, como ele a classifica — e o tempo todo se mostrou mais disposto a falar de Mozart que de Bach —, precisei me posicionar na chamada Sala Sebastiano; tive, portanto, e muito a contragosto, de tolerar Ticiano para poder observar Reger diante do *Homem de barba branca* de Tintoretto, e, aliás, precisei fazê-lo de pé, o que não constituiu desvantagem alguma, uma vez que prefiro ficar de pé a me sentar, sobretudo quando se trata de observar pessoas, toda a minha vida sempre as observei melhor de pé do que sentado, e como, enfim, olhando da Sala Sebastiano para a Sala Bordone e valendo-me de toda a minha acuidade visual, de fato podia ver o perfil completo de Reger, sem que nem mesmo o encosto do banco prejudicasse minha visão dele — que, sem dúvida ressentindo-se da queda de temperatura durante a noite, manteve o tempo todo o chapéu preto na cabeça —, como, pois, podia ver todo o seu lado esquerdo, obtive sucesso em meu intento de, dessa vez, contemplá-lo sem ser incomodado. Apoiado na bengala presa entre os joelhos, Reger (em seu casaco de inverno) me pareceu totalmente concentrado na visão do *Homem de barba branca*, o que significa que, em minha contemplação, não precisei ter medo algum de ser descoberto por ele. Ao guarda da sala, Irrsigler (Jenö!), que Reger conhece há mais de trinta anos e com quem eu próprio sempre mantive boa relação (também há mais de vinte anos), fiz saber por intermédio de um gesto que, dessa vez, queria observar Reger sem ser incomodado, e, sempre que Irrsigler aparecia, com a regularidade de um relógio, ele fingia que eu não estava ali, assim como fingia que tampouco Reger ali estava, ao mesmo tempo que, cumprindo com seu dever, mirava com seu olhar habitual, desagradável a quem não o conhece, todos os demais visitantes, incompreensivelmente pouco numerosos para o sábado, dia de visitação gratuita. Irrsigler tem aquele olhar desagradável de que os guardas se valem nos museus para intimidar os visitantes, dados, como bem se sabe, a toda sorte de impertinências; seu modo de entrar de súbito e sem fazer barulho nenhum pelo canto da sala, qualquer que seja ela, a fim tão somente de inspecioná-la, é de fato repulsivo para quem não o conhece; em seu uniforme cinza, mal talhado mas feito para a eternidade e que, preso por grandes botões pretos, lhe cai pelo corpo magro qual pendesse de um cabide, assim como com seu boné do mesmo tecido cinza sobre a cabeça, ele lembra mais os carcereiros de nossas instituições penais que um guardião de obras de arte a serviço do Estado. Desde que o conheço, Irrsigler exibe sempre a mesma palidez, embora não esteja doente, e Reger o caracteriza há décadas como *um cadáver estatal que há trinta e cinco anos presta serviço ao Kunsthistorisches Museum*. Reger, que visita o Kunsthistorisches Museum há mais de trinta e seis anos, conhece Irrsigler desde o dia em que este assumiu seu posto e mantém com ele uma relação absolutamente amigável. *Bastou um subornozinho de nada para me assegurar para sempre aquele banco na Sala Bordone*, como disse Reger certa vez, há muitos anos. Com Irrsigler, estabeleceu uma relação que há tempos já se transformou para ambos num hábito. Quando, o que não é raro, Reger deseja permanecer sozinho na contemplação do *Homem de barba branca* de Tintoretto, Irrsigler simplesmente fecha a Sala Bordone para os demais visitantes, posta-se tão somente à entrada e não deixa ninguém entrar. Reger só precisa fazer um sinal com a mão, e Irrsigler fecha a Sala Bordone, não se furta a expulsar os visitantes que porventura ali estejam, porque assim deseja Reger. Irrsigler formou-se carpinteiro em Bruck an der Leitha, mas abandonou o ofício ainda *antes* de ser autorizado a trabalhar como ajudante de carpintaria, o que fez porque queria se tornar policial. Mas a polícia o rejeitou por *incapacidade física*. Então, um tio, um irmão de sua mãe que era guarda do Kunsthistorisches Museum desde 1924, conseguiu-lhe o emprego, *o mais mal remunerado, mas, por outro lado, o mais seguro*, como afirma Irrsigler. Também na polícia Irrsigler só desejara ingressar porque, em se tornando policial, parecia-lhe resolvido o problema do vestuário. Vestir o mesmo traje a vida toda sem nem precisar pagar por esse traje vitalício, provido pelo Estado, parecera-lhe ideal, pensamento idêntico ao do tio que o levara para o Kunsthistorisches Museum, e, no tocante a esse ideal, não fazia diferença nenhuma empregar-se na polícia ou no Kunsthistorisches Museum, embora a polícia pagasse melhor, e o museu, pior, mas, em compensação, o trabalho no Kunsthistorisches Museum não se comparava à atividade policial: ele próprio, Irrsigler, não conseguia imaginar *um serviço de mais responsabilidade, mas ao mesmo tempo mais fácil*, que aquele a ser desempenhado no Kunsthistorisches Museum. Para Irrsigler, o trabalho policial significava risco diário de vida, e o trabalho no Kunsthistorisches Museum, não. Quanto à monotonia do ofício, não havia por que se preocupar, ele a amava. Caminhava por dia de quarenta a cinquenta quilômetros, o que era mais saudável, por exemplo, do que o trabalho como policial, cuja principal ocupação consistia, segundo ele, em passar a vida toda sentado numa cadeira dura de escritório. Preferia *seguir visitantes de museu a pessoas normais*, porque os primeiros eram pelo menos *gente mais bem posicionada, dotada de sensibilidade para a arte*. Com o tempo, ele próprio adquirira aquela sensibilidade para a arte, podia a qualquer momento promover uma visita guiada pelo museu, ao menos pela pinacoteca, afirma, mas não precisava fazê-lo. Afinal, as pessoas nem ouvem o que dizem os guias, diz. *Há décadas os guias de museu falam sempre a mesma coisa, um bocado de asneiras, claro, como afirma o sr. Reger,* Irrsigler me diz. *Tudo que fazem os historiadores da arte é soterrar os visitantes com seu falatório,* diz Irrsigler, que, com o passar do tempo, se apossou de muitas das frases de Reger, se não de todas, repetidas literalmente. Irrsigler é o porta-voz de Reger, quase tudo que diz já foi dito por Reger, há mais de trinta anos Irrsigler repete as frases dele. Quando presto atenção no que diz, o que ouço é Reger falando por seu intermédio. *Se atentamos para o que dizem os guias, tudo*

10

que ouvimos é sempre aquele falatório sobre arte que nos dá nos nervos, o falatório insuportável dos historiadores da arte, diz Irrsigler, porque é também o que Reger diz com frequência. *Todos esses quadros são grandiosos, mas nenhum deles é perfeito*, diz Irrsigler em consonância com Reger. Afinal, as pessoas só vão ao museu porque ouviram dizer que um ser civilizado precisa ir, ou seja, não vão por interesse próprio, não têm interesse na arte, ou pelo menos noventa e nove por cento da humanidade não tem interesse na arte, afirma Irrsigler, repetindo literalmente as palavras de Reger. Irrsigler conta que teve uma infância difícil, uma mãe que morreu de câncer ainda aos quarenta e seis anos, e um pai infiel, que passou a vida inteira bêbado. E *Bruck an der Leitha é um lugar muito feio, como a maioria das cidades em Burgenland.* Quem pode, vai embora de Burgenland, afirma Irrsigler, mas a maioria não tem como fazê-lo, está condenada a viver a vida inteira ali, o que é no mínimo tão terrível quanto ser condenado à prisão perpétua em Stein an der Donau. Os naturais de Burgenland são prisioneiros, diz Irrsigler, e sua terra natal é sua prisão. Convencem-se a si próprios de que ela é muito bonita, mas, na realidade, Burgenland é um lugar insípido e feio. No inverno, sua gente sufoca na neve; no verão, é devorada pelos mosquitos. E, na primavera e no outono, chapinha na própria sujeira. Segundo Irrsigler, não há em toda a Europa região mais pobre e suja. Os vienenses, afirma, vivem convencendo a gente de Burgenland de que aquilo lá é um lugar bonito, e isso porque os vienenses são apaixonados pela sujeira e pela estupidez de Burgenland, uma vez que percebem essa sujeira de Burgenland, essa estupidez de Burgenland, *como romântica*, e porque, à sua maneira vienense, são perversos. De resto, afirma Irrsigler, Burgenland nunca produziu nada, *à exceção do sr. Haydn, como diz o sr. Reger.* Dizer "eu sou de Burgenland" é o mesmo que dizer "nasci na penitenciária da Áustria", ou "no manicômio da Áustia", acrescenta Irrsigler. *Essa gente de Burgenland vai para Viena como quem vai para a igreja*, disse ele. Seu grande desejo é entrar para a polícia vienense, disse-me ele poucos dias atrás, mas eu não consegui, porque era muito fraco, por *incapacidade física*. Ainda assim, sou guarda do Kunsthistorisches Museum e, portanto, também sou funcionário público. De noite, depois das seis, disse ele, não tranco criminosos, e sim obras de arte, tranco Rubens, tranco Bellotto. O tio de Irrsigler, que, segundo ele, entrou para o Kunsthistorisches Museum logo depois da Primeira Guerra Mundial, era invejado por todos na família. Quando, a cada dois ou três anos, iam visitá-lo no museu, aos sábados ou domingos, os dias de visita gratuita, seguiam-no *absolutamente intimidados pelas salas com os grandes mestres* e admiravam sem cessar *seu uniforme*. O tio, naturalmente, logo se tornou chefe dos guardas, passando a, segundo Irrsigler, ostentar a estrela de latão na lapela. Quando conduzia a família pelas salas do museu, ninguém entendia nada do que ele dizia, tamanhas eram a reverência e a admiração. Nem teria sentido nenhum explicar-lhes o Veronese, segundo me disse Irrsigler dias atrás. Os filhos da minha irmã estranharam meus sapatos macios, contou Irrsigler, e minha irmã se deteve diante do Reni, justamente diante daquele que, de todos os pintores expostos aqui, é o campeão do mau gosto. Reger odeia Reni e, portanto, Irrsigler também odeia Reni. Irrsigler já atingiu grau bastante elevado de maestria em sua prática de apropriar-se das frases de Reger, que ele repete quase à perfeição e, penso eu, naquele tom que é característico de Reger. Minha irmã vem visitar *a mim, e não ao museu*, disse Irrsigler. A ela, pouco importa a arte. Mas seus filhos se admiram com tudo que veem, quando eu os conduzo pelas salas. Param diante do Velázquez e não querem mais ir embora, disse Irrsigler. O sr. Reger, *o generoso sr. Reger*, certa vez me convidou, a mim e a minha família, para ir ao Prater, contou Irrsigler, *foi num sábado à tarde, quando a mulher dele ainda vivia*, acrescentou. De pé ali, eu observava Reger, que seguia *mergulhado*, como se diz, na contemplação do *Homem de barba branca* de Tintoretto, e via ao mesmo tempo Irrsigler, que na verdade nem me contara essas passagens de sua vida na Sala Bordone, ou seja, eu via ao mesmo tempo as imagens de Irrsigler da semana passada e a de Reger agora, que, sentado no banco de veludo, naturalmente ainda não havia notado minha presença. Irrsigler me contou que, desde pequeno, seu maior desejo tinha sido entrar para a polícia de Viena, tornar-se policial. Nunca desejara ser outra coisa. Quando, então, aos vinte e três anos, lhe atestaram *incapacidade física* no quartel, na Rossauer Kaserne de Viena, foi de fato como se *o mundo tivesse desmoronado*. Mas, naquela situação absolutamente sem saída, o tio conseguira para ele o posto de guarda no Kunsthistorisches Museum. Ele partira apenas com uma sacola surrada para Viena, onde o tio concordara em hospedá-lo por quatro semanas, depois das quais ele, Irrsigler, se mudara para um quarto sublocado na Mölker Bastei, no centro da cidade. Nesse quarto sublocado havia morado doze anos. Nos primeiros anos, não vira coisa alguma de Viena, ia logo de manhã cedo, por volta das sete, para o Kunsthistorisches Museum e, de noite, depois das seis, voltava para casa; durante todos aqueles anos, seu almoço consistira sempre num pão com salsicha ou queijo acompanhado de um copo d'água da torneira, almoço que ele comia num pequeno vestiário atrás do guarda-volumes do museu. A gente de Burgenland é das mais modestas, eu próprio, em minha juventude, contou, trabalhei em diversos canteiros de obras, morei em diferentes barracas com gente de lá e conheço bem sua modéstia, gente que só precisa mesmo do mínimo indispensável e de fato economiza todo mês até oitenta por cento ou mais do salário. Enquanto eu examinava Reger e, com efeito, o observava em detalhes, como jamais o tinha observado antes, via também e ouvia

Irrsigler, de pé a meu lado na Sala Battoni, uma semana atrás. O marido de uma de suas bisavós era do Tirol, contou, daí o sobrenome Irrsigler. Tinha duas irmãs, a caçula tendo apenas na década de 60 emigrado para os Estados Unidos na companhia de um ajudante de cabeleireiro de Mattersburg, e lá morrera de saudade da terra natal aos trinta e cinco anos de idade. E tinha ainda três irmãos, todos vivendo hoje em Burgenland como trabalhadores não qualificados. Dois deles haviam, como ele, partido para Viena para ingressar na polícia, que, no entanto, tampouco os aceitara. E, para trabalhar no museu, era *indispensável possuir certa inteligência*. Com Reger, aprendera muito. Tinha gente que dizia que Reger era maluco, contou-me ele, porque só um maluco podia passar décadas indo dia sim, dia não, menos às segundas-feiras, à pinacoteca do Kunsthistorisches Museum, mas ele não acreditava naquilo, *o sr. Reger é um homem inteligente, culto*, disse Irrsigler. Sim, eu disse a Irrsigler, o sr. Reger é não só inteligente e culto como também famoso, ou pelo menos estudou música em Leipzig e Viena e foi crítico musical do *Times*, escreve ainda hoje para o *Times*, eu disse. Não é um qualquer, prossegui, não é um falastrão, e sim um musicólogo no verdadeiro sentido da palavra, dotado de todo o rigor de uma grande personalidade. Não se pode comparar Reger aos falastrões que escrevem sobre música nos cadernos de cultura daqui, a propagar todo dia nos jornais diários a sordidez de seu palavrório. Ele é, de fato, um filósofo, eu disse a Irrsigler, um filósofo com toda a lucidez que esse termo implica. Reger escreve suas críticas para o *Times* há mais de trinta anos, seus pequenos ensaios filosófico-musicais que, um dia, por certo serão publicados numa coletânea. Essas visitas ao Kunsthistorisches Museum são sem dúvida um dos pré-requisitos para que ele possa escrever para o *Times* da *maneira* como escreve, eu disse a Irrsigler, pouco me importando se ele me entendia ou não, provavelmente não entendeu nada, pensei naquele momento e sigo pensando agora. Que Reger escreve críticas musicais para o *Times*, ninguém na Áustria sabe, no máximo duas ou três pessoas, eu disse a Irrsigler. E poderia afirmar também que *Reger é um filósofo privado*, eu disse a Irrsigler, sem me importar com o fato de que dizê-lo a ele era uma parvoíce. No Kunsthistorisches Museum, Reger encontra o que não encontra em lugar nenhum, eu disse a Irrsigler, tudo que é importante, tudo que é útil para seu pensamento e seu trabalho. As pessoas podem caracterizar o comportamento de Reger como maluco, mas ele não é maluco, eu disse a Irrsigler; aqui em Viena e na Áustria, as pessoas não se dão conta dele, eu disse a Irrsigler, mas em Londres e na Inglaterra, e mesmo nos Estados Unidos, sabem quem ele é e a capacidade que tem, eu disse a Irrsigler. E não se esqueça da temperatura ideal de dezoito graus célsius que reina o ano inteiro aqui no Kunsthistorisches Museum, disse também a Irrsigler, que apenas assentiu com a cabeça. Reger é uma personalidade altamente respeitada em todo o mundo erudito da música, eu disse ontem a Irrsigler; somente aqui, em sua terra natal, ninguém quer saber dele: ao contrário, aqui, que é sua casa e onde, em sua especialidade, ele deixou todo mundo bem para trás, toda essa gente tosca, repulsiva e provinciana, Reger é odiado, nada menos que odiado é o que Reger é em sua Áustria natal, eu disse a Irrsigler. Aqui, um gênio como Reger é odiado, eu disse a Irrsigler, sem me importar com o fato de que ele não estava entendendo nada do que eu queria dizer, quando disse que um gênio como Reger é odiado aqui, e sem levar em conta se era correto ou não falar de Reger como um gênio; *um gênio da ciência, e mesmo um gênio da humanidade*, pensei, é o que ele é com certeza. Genialidade e Áustria são coisas que não se toleram, eu disse. Na Áustria, é preciso ser medíocre para ter direito à palavra e ser levado a sério, é necessário ser tosco, de uma mendacidade provinciana, ter uma mentalidade típica de um paiseco. Um gênio ou mesmo um intelecto extraordinário é algo que aqui é logo *assassinado* de forma aviltante, eu disse a Irrsigler. Apenas pessoas como Reger, que se podem contar nos dedos de uma só mão neste país terrível, superam essa situação de rebaixamento e ódio, de opressão e esquecimento, de vulgaridade geral, hostil à inteligência, que predomina na Áustria toda; somente pessoas como Reger, de um caráter extraordinário e de um intelecto verdadeiramente agudo e incorruptível. Embora o sr. Reger tenha com a diretora deste museu uma relação nada inamistosa, embora a conheça muito bem, eu disse a Irrsigler, nem mesmo em sonho lhe ocorreria pedir a essa mesma diretora qualquer coisa relacionada a ele e a este museu. Justamente quando o sr. Reger nutria a intenção de comunicar à direção do museu, ou seja, a sua diretora, o péssimo estado do revestimento dos bancos nas diversas salas, levando-a, assim, possivelmente a mandar confeccionar novos revestimentos, os bancos receberam novo revestimento, e, aliás, de muito bom gosto, eu disse a Irrsigler. Não acredito, eu disse a Irrsigler, que a direção do Kunsthistorisches Museum tenha conhecimento de que o sr. Reger vem ao museu dia sim, dia não, e há mais de trinta anos, a fim de sentar-se no banco da Sala Bordone, não creio. Com certeza, isso haveria de ter sido comentado em algum encontro de Reger com a diretora, mas, tanto quanto sei, a diretora nada sabe, porque o sr. Reger nunca tocou no assunto e porque o senhor, sr. Irrsigler, sempre manteve silêncio a esse respeito, e isso porque é desejo do sr. Reger que o senhor se cale sobre o fato de que, há mais de trinta anos, ele visita o Kunsthistorisches Museum dia sim, dia não, à exceção das segundas-feiras. Discrição é seu ponto forte, Irrsigler, disse a ele, pensei, enquanto contemplava Reger, que contemplava o *Homem de barba branca* de Tintoretto, para o qual agora Irrsigler, por sua vez, também voltava os olhos. Reger é um homem extraordinário, e com ho-

16

mens extraordinários era necessário proceder com cautela, eu disse ontem a Irrsigler. Era inconcebível que nós, ou seja, Reger e eu, viéssemos ao museu dois dias seguidos, disse ontem a Irrsigler, e, no entanto, precisamente hoje, e atendendo precisamente a um desejo de Reger, lá estava eu de novo; por que razão Reger quisera retornar hoje ao museu, não sabia, pensei, logo vou saber. Irrsigler também ficou bastante perplexo ao me ver hoje, afinal eu lhe disse ontem mesmo que não havia possibilidade de eu vir dois dias seguidos ao Kunsthistorisches Museum, da mesma forma como, até o momento, essa possibilidade inexistia também para Reger. E agora estávamos os dois ali, Reger e eu, de volta ao Kunsthistorisches Museum, onde havíamos estado ainda ontem. Aquilo devia ter irritado Irrsigler, pensei, penso eu. Que seja talvez possível enganar-se uma vez e, portanto, voltar ao Kunsthistorisches Museum já no dia seguinte, nisso eu pensei, mas, refleti, possível é tão somente que *apenas Reger* se engane, ou que *apenas eu* cometa esse erro, e não que *nós dois, Reger e eu*, nos enganemos ao mesmo tempo. Ontem, Reger me disse expressamente: *Venha para cá amanhã*, é o que ainda posso ouvi-lo dizer. Irrsigler, porém, não ouviu nada disso, não sabia de nada e naturalmente se admirou com o fato de Reger e eu estarmos hoje de novo no museu. Se, ontem, Reger não tivesse me dito para vir hoje, eu não teria vindo ao Kunsthistorisches Museum, talvez só viesse semana que vem, uma vez que, diferentemente dele, que há décadas de fato vem ao Kunsthistorisches Museum dia sim, dia não, eu não venho ao Kunsthistorisches Museum dia sim, dia não: venho apenas quando estou disposto e sinto vontade de vir. Se quero me encontrar com Reger, não preciso necessariamente vir ao Kunsthistorisches Museum, basta que eu o visite no hotel *Ambassador*, que é para onde ele sempre vai ao deixar o museu. Se quiser, encontro Reger todo dia no Ambassador. Lá, ele tem seu cantinho à janela e, aliás, na mesa ao lado da chamada *mesa dos judeus*, que fica defronte da *mesa dos húngaros*, que, por sua vez, fica atrás da *mesa dos árabes*, isso quando, da mesa de Reger, se olha para a porta do saguão. Naturalmente, eu prefiro ir ao Ambassador a ir ao Kunsthistorisches Museum, mas, quando não posso esperar até que ele chegue ao Ambassador, então me encaminho já por volta das onze para o Kunsthistorisches Museum, a fim de encontrar Reger, que é meu pai intelectual. Reger passa as manhãs no Kunsthistorisches Museum e as tardes no Ambassador; por volta das dez e meia, vai para o Kunsthistorisches Museum e, cerca de duas e meia da tarde, para o Ambassador. Até o meio-dia, a temperatura de dezoito graus do Kunsthistorisches Museum é a que lhe agrada, mas, à tarde, sente-se melhor no hotel mais quentinho, onde a temperatura é sempre mantida em vinte e três graus. À tarde, já não gosto tanto de pensar nem de refletir intensamente, diz Reger, razão pela qual posso ficar no Ambassador. O Kunsthistorisches Museum é seu *local de produção intelectual*, diz ele, o Ambassador, por assim dizer, minha *máquina processadora de pensamentos*. No Kunsthistorisches Museum me sinto exposto, no Ambassador, protegido, diz ele. Essa oposição entre Kunsthistorisches Museum e Ambassador é o que meu pensamento precisa mais que qualquer outra coisa: por um lado, a exposição, por outro, a proteção; por um lado, a atmosfera do Kunsthistorisches Museum, por outro, a atmosfera do Ambassador; a exposição, por um lado, a proteção, por outro, meu caro Atzbacher; o segredo do meu pensamento repousa no fato de eu passar a manhã no Kunsthistorisches Museum e a tarde no Ambassador. E pode haver oposição maior que entre o Kunsthistorisches Museum, isto é, a pinacoteca do Kunsthistorisches Museum, e o Ambassador? Transformei tanto o Kunsthistorisches Museum como o Ambassador num hábito intelectual, disse-me ele. A qualidade de minhas críticas para o *Times*, que, aliás, produzo há trinta e quatro anos, repousa efetivamente nessas minhas visitas ao Kunsthistorisches Museum e ao Ambassador — ao Kunsthistorisches Museum, a cada *dois* dias; ao Ambassador, *todo* dia. Esse hábito foi o que me salvou depois da morte de minha esposa. Sem ele, meu caro Atzbacher, também eu já teria morrido, disse-me Reger ontem. Todo ser humano precisa de um hábito assim para sobreviver, ele disse. Ainda que fosse o mais maluco dos hábitos, precisava dele. O estado de espírito de Reger parece ter melhorado, seu modo de falar voltou a ser o mesmo de antes da morte da mulher. É verdade que ele afirma ter superado o chamado *ponto morto*, mas o fato de a mulher tê-lo deixado sozinho decerto vai lhe causar sofrimento pelo resto da vida. Reger volta e meia diz que a vida inteira cometeu o erro de pensar que *ele* deixaria a mulher para trás, que *ele* morreria antes dela, e, como a morte da esposa foi tão repentina, ainda uns poucos dias antes ele seguia firmemente convencido de que *ela* sobreviveria a ele; dos dois, *ela* era saudável, *eu*, o doente, sempre pensamos assim e vivemos nessa crença, disse-me ele. Ninguém jamais foi tão saudável como minha mulher, *ela vivia uma vida de muita saúde, ao passo que eu levei uma existência marcada pela enfermidade, e mesmo uma existência marcada pela enfermidade letal*, disse ele. Ela era a pessoa saudável, era o futuro, e eu, sempre o doente, o passado, ele disse. Que um dia teria de viver sem a esposa, que teria de fato de viver sozinho, isso jamais lhe passara pela cabeça, não fazia parte de meus pensamentos, ele disse. E, se ela morrer antes de mim, morro em seguida, o mais rápido possível, ele sempre pensou. Agora, tinha de se haver tanto com o fato de ter se equivocado e de ela ter morrido antes quanto, por outro lado, com o fato de não ter se matado depois da morte dela, de não ter, portanto, como planejara, morrido logo em seguida. Como sempre soube que ela era tudo para mim, naturalmente jamais pude conceber um prosseguimento da minha existência depois dela, meu caro Atzbacher, disse ele. Em decorrência dessa fraqueza humana, ou mais, efetivamente indigna de um ser humano, em decorrência dessa covardia, não morri logo depois dela, disse ele, não me matei depois de sua morte, mas, pelo contrário, me tornei forte, como agora me parece (segundo ele disse ontem!); nos últimos tempos, às vezes me parece que hoje sou mais forte do que nunca. Hoje, aferro-me mais a minha vida que antes; creia você ou não, agarro-me de fato à vida com o maior dos ímpetos, disse ele ontem. Não quero admitir que é assim, mas vivo hoje com intensidade ainda maior que antes da morte dela. Por certo, precisei de mais de um ano para conseguir ter esse tipo de pensamento, mas agora é o que penso sem nenhuma inibição, disse ele. O que me oprime sobremaneira é o fato de uma pessoa capaz de absorver tanto, como foi minha mulher, ter morrido *com todo o saber monstruoso e gigantesco que lhe transmiti*, isto é, de ela ter levado consigo para a cova todo esse saber monstruoso e gigantesco, isso é o mais monstruoso, uma monstruosidade ainda mais monstruosa que o fato de ela ter morrido, disse Reger. Enfiamos, entulhamos tudo de nós numa pessoa, e ela nos deixa, morre e nos abandona para sempre, disse ele. E a isso vem se juntar *a imediatez*, o fato de não termos previsto essa morte, nem por um momento previ a morte de minha mulher, contemplava-a como se ela fosse viver para sempre, nunca pensei na morte dela, ele disse, como se ela de fato fosse *seguir vivendo com meu saber eternidade adentro, por toda a eternidade enquanto eternidade*, disse ele. Com efeito, foi uma morte precipitada, ele disse. Assumimos uma pessoa assim para a eternidade, aí está o erro. Se soubesse que ela iria morrer e me abandonar, teria agido de forma inteiramente diversa, mas, sem saber que ela partiria, que morreria antes de mim, agi de maneira completamente absurda, como se ela fosse existir para sempre, para toda a eternidade, ao passo que, claro, ela não foi feita para a eternidade, e sim para a finitude, como todos nós. Só quando amamos uma pessoa dessa forma desenfreada como amei minha mulher é que acreditamos de fato que ela vai viver para sempre, eternidade adentro. Nunca o tinha visto sentado no banco da Sala Bordone de chapéu na cabeça, e assim como me inquietou o fato de ele ter me convocado para vir ao museu hoje, porque se trata do fato mais inabitual que posso conceber, pensei, também o fato de ele, sentado no banco da Sala Bordone, manter o chapéu na cabeça era absolutamente inabitual, isso para nem mencionar toda uma série de outros fatos inabituais nesse contexto. Irrsigler então adentrou a Sala Bordone e, depois de caminhar até Reger, sussurrou-lhe algo no ouvido, antes de tornar a deixar a sala. O que disse, porém, não produziu efeito algum em Reger, ou assim pareceu a quem o contemplava de fora, uma vez que, feita a comunicação, Reger permaneceu sentado no banco exatamente da mesma maneira que antes do comunicado de Irrsigler. É certo que fiquei pensando no que Irrsigler poderia ter dito a Reger, mas logo desisti de pensar no que Irrsigler teria dito a Reger e dei prosseguimento a minha observação, ao mesmo tempo que o ouvia dizer: As pessoas vão ao Kunsthistorisches Museum porque convém ir, e por nenhuma outra razão; elas vêm até de Portugal e da Espanha para Viena e vão ao Kunsthistorisches Museum apenas para, na volta, de retorno à Espanha ou a Portugal, poder dizer que estiveram no Kunsthistorisches Museum, o que é ridículo, porque o Kunsthistorisches Museum não é o Prado nem o Museu de Lisboa, está muito longe disso. O Kunsthistorisches Museum não tem nem sequer um único Goya, não tem nem sequer um El Greco. Eu via Reger, o observava e, ao mesmo tempo, ouvia o que ele me disse ontem. *O Kunsthistorisches Museum não tem nem sequer um Goya, nem sequer um El Greco ele tem.* Naturalmente, pode prescindir de um El Greco, porque El Greco não é de fato um dos grandes, não é um pintor de primeira categoria, disse Reger, mas não ter um Goya é, para um museu como o Kunsthistorisches Museum, verdadeiramente fatal. Não ter um Goya é coisa que lembra os Habsburgo, que, como você sabe, não tinham nenhuma sensibilidade para a arte, tinham, sim, ouvido para a música, mas nenhuma sensibilidade para as artes plásticas. Ouviram Beethoven, mas Goya não viram. Goya não queriam. Deram a Beethoven a liberdade concedida aos bufões, porque a música não representava perigo nenhum para eles, mas Goya não deixaram entrar na Áustria. Enfim, os Habsburgo têm exatamente aquele gosto católico duvidoso que aqui, neste museu, sente-se em casa. O Kunsthistorisches Museum espelha precisamente o gosto duvidoso dos Habsburgo em matéria de arte, o gosto repulsivo pelas belas-artes. E não vivemos falando com todo tipo de gente, gente que não nos interessa nem um pouco, disse ele, só porque necessitamos de ouvintes? Precisamos de ouvintes e de um porta-voz. A vida toda ansiamos por um porta-voz ideal e não o encontramos, porque não existe um porta-voz ideal. Temos um Irrsigler, disse ele, e, no entanto, passamos o tempo todo à procura de um Irrsigler, do Irrsigler ideal. Transformamos um homem bastante simples em nosso porta-voz e, uma vez tendo feito desse homem bastante simples nosso porta-voz, procuramos outro porta-voz, outra pessoa apropriada para ser nosso porta-voz, ele disse. Depois da morte de minha mulher, tenho pelo menos o Irrsigler, ele disse. Antes de me conhecer, disse Reger, Irrsigler, como toda a gente de Burgenland, não passava de um pateta, um pateta de Burgenland. Precisamos de um pateta para ser nosso porta-voz. Um pateta de Burgenland é um porta-voz absolutamente apropriado, disse Reger. Entenda bem, eu gosto do Irrsigler, preciso dele agora como de um pedaço de pão, faço uso dele há décadas, mas só um pateta como o Irrsigler pode ser útil como porta-voz, disse Reger ontem. Um pateta assim, nós o exploramos como pessoa, ele disse, mas, por outro lado, é justamente por meio dessa exploração que *transformamos um pateta assim num ser humano*, na medida em que o fazemos nosso porta-voz e o enchemos de nossos pensamentos; ainda que de maneira reconhecidamente bastante inescrupulosa de início, fazemos de um pateta de Burgenland, como era Irrsigler, um ser humano de Burgenland. Afinal, antes de topar comigo, Irrsigler não sabia nada de música, por exemplo, nem de arte nenhuma, a rigor não sabia nada de nada, nem mesmo da própria patetice. Agora, está à frente de todos esses falastrões da história da arte que, dia após dia, entram aqui e entopem os ouvidos das pessoas com as imbecilidades da história da arte. Irrsigler está à frente desses tagarelas idiotas que todo dia, com seu falatório, aniquilam para todo o sempre as dezenas de escolares que arrebanham em torno de si. Os historiadores da arte são os verdadeiros aniquiladores da arte, disse Reger. Os historiadores da arte tagarelam sem cessar sobre a arte, até matá-la com sua tagarelice. Matam a arte, esses historiadores da arte, de tanto tagarelar. Meu Deus do céu, é o que sempre penso sentado aqui neste banco, quando os historiadores da arte passam com seu rebanho de desamparados, que pena eu sinto de todas essas pessoas das quais os historiadores da arte exorcizam a própria arte, exorcizam-na de uma vez por todas, disse Reger. O negócio do historiador da arte é o pior negócio que existe, um historiador da arte tagarela — e só existem historiadores da arte tagarelas — é alguém que deveria ser enxotado com um chicote, expulso do mundo da arte, disse Reger, todos os historiadores da arte deveriam ser expulsos do mundo da arte, porque os historiadores da arte são os verdadeiros aniquiladores da arte, e não deveríamos permitir que a arte seja aniquilada pelos historiadores da arte, na condição de aniquiladores da arte. Quando ouvimos com atenção um historiador da arte nos sentimos mal, disse ele, porque, ao ouvirmos um historiador da arte, vemos como sua tagarelice aniquila a arte, o falatório do historiador da arte encolhe e aniquila a arte. São milhares ou mesmo dezenas de milhares de historiadores da arte a discursar e destruir a arte, disse ele. Os historiadores da arte são os verdadeiros assassinos da arte, dar ouvidos a um deles é participar da aniquilação da arte, onde quer que um historiador da arte se apresente a arte é aniquilada, essa é que é a verdade. Por isso, nesta minha vida, pouca coisa odiei tão profundamente quanto os historiadores da arte, disse Reger. Ouvir Irrsigler explicar uma pintura a um desinformado é, para mim, motivo de pura alegria, disse Reger, porque, ao explicar uma obra de arte, ele nunca é loquaz, não é um tagarela, apenas ilustra, reporta modestamente, deixando aberto ao visitante o significado da obra de arte, em vez de trancafiá-lo em seu palavrório. Isso eu ensinei a ele ao longo de décadas, como explicar obras de arte como objetos de contemplação. Naturalmente, tudo que Irrsigler diz, ele ouviu de mim, disse Reger então, ele naturalmente não tem nada de próprio, mas tão somente o que de melhor sai da minha cabeça, e ainda que só o tenha ouvido e aprendido, é útil conforme o caso. As chamadas artes plásticas são altamente proveitosas para um musicólogo como eu, disse Reger; quanto mais fui me concentrando na música, quanto mais, na verdade, fui me aferrando à música, mais intensamente fui também me ocupando das chamadas artes plásticas; por outro lado, penso que para um pintor, por exemplo, é também bastante vantajoso dedicar-se à música, isto é, que ele, que decidiu pintar ao longo de toda a vida, se dedique também, ao longo de toda a vida, aos estudos musicais. As artes plásticas complementam de maneira extraordinária a arte musical, são artes que sempre fazem bem uma à outra, disse ele. Não seria nem capaz de imaginar meus estudos musicais sem o embate com as chamadas artes plásticas, e sobretudo com a pintura, disse ele. Minha atividade musical, eu a realizo tão bem porque, ao mesmo tempo, me ocupo da pintura com não menos entusiasmo e, de fato, com não menos intensidade. Não é à toa que venho há mais de trinta anos ao Kunsthistorisches Museum. Outros vão de manhã a uma taverna e bebem três ou quatro copos de cerveja; eu me sento aqui e contemplo o Tintoretto. Uma maluquice, talvez, você há de pensar, mas não posso prescindir disso. Para alguns, o hábito mais adorável, cultivado durante décadas, é ir beber seus três ou quatro copos de cerveja numa birosca matinal; no meu caso, venho ao Kunsthistorisches Museum. Tem gente que, por volta das onze horas da manhã, toma um belo de um banho para enfrentar as dificuldades cotidianas; eu venho ao Kunsthistorisches Museum. E se, ainda por cima, dispomos de um Irrsigler, então estamos bem servidos, disse Reger. Com efeito, desde a minha infância, não existe nada que eu mais odeie do que museus, ele disse, sou por natureza alguém que odeia museus, mas, provavelmente por essa mesma razão, venho aqui faz mais de trinta anos, permito-me esse absurdo determinado sem dúvida por meu intelecto. Como você sabe, frequento a Sala Bordone não por causa de Bordone, nem mesmo por causa do Tintoretto, ainda que considere o *Homem de barba branca* um dos quadros mais extraordinários jamais pintados, mas o fato é que venho à Sala Bordone por causa deste banco e da influência ideal da luz sobre as faculdades do meu ânimo, ou, na verdade, por causa da temperatura ideal justamente da Sala Bordone e por causa de Irrsigler, que somente na Sala Bordone é o Irrsigler ideal. De fato, jamais suportaria a proximidade de um Velázquez, por exemplo. Isso para nem falar em Rigaud e Largillière, que evito como à peste. Aqui, na Sala Bordone, gozo das melhores condições para meditar e, caso sinta vontade de ler alguma coisa sentado neste banco, por exemplo, meu querido Montaigne ou meu Pascal, ainda mais querido, ou, mais querido ainda que ambos, meu Voltaire — como você vê, meus escritores preferidos são todos franceses, nem um único alemão —, posso fazê-lo aqui da maneira mais agradável e mais proveitosa também. A Sala Bordone é minha sala tanto de reflexão como de leitura. E, se eu quiser um gole d'água, Irrsigler me traz logo um copo, nem preciso levantar. Às vezes, as pessoas se espantam ao me ver aqui, sentado neste banco, lendo meu Voltaire e bebendo um copo de água cristalina, admiram-se, balançam a cabeça e vão-se embora, e é como se me considerassem um maluco com autorização estatal especial para suas bufonarias. Em casa, faz anos que não leio mais livro nenhum, mas aqui, na Sala Bordone, já li uma centena deles, o que não significa que li esses livros *inteiros* nesta sala, jamais em minha vida li um livro *inteiro*, meu jeito de ler é o de um folheador altamente talentoso, ou seja, de alguém que prefere folhear as páginas a lê-las e que, portanto, folheia dezenas, ou, sob certas condições, centenas de páginas antes de ler qualquer uma delas; quando, porém, lê uma página, o faz a fundo, como ninguém, e com a maior paixão pela leitura que se possa imaginar. Sou mais um folheador que um leitor, é preciso que você saiba, e amo folhear tanto quanto amo ler; em toda a minha vida, já folheei milhões de vezes mais do que li, mas pelo menos sempre com a mesma alegria e o mesmo prazer intelectual da leitura. Afinal, é melhor lermos no total apenas três páginas de um livro de quatrocentas, mas com profundidade mil vezes maior, do que fazer como o leitor comum, que lê tudo mas não lê uma única página em profundidade, disse ele. É melhor ler doze linhas de um livro com toda a intensidade e penetrá-las, portanto, por completo, como se pode dizer, do que ler o livro todo *como o leitor comum*, que, no fim, conhece tão pouco o livro que leu como o passageiro de um avião a paisagem que sobrevoa. Desta, ele não percebe nem mesmo os contornos. É assim que hoje as pessoas leem, sempre por cima, leem tudo e não tomam conhecimento de nada. Eu entro num livro e nele me instalo de corpo e alma, note bem, avanço por uma ou duas páginas de um trabalho filosófico como se entrasse numa paisagem, na natureza, num Estado, num detalhe da Terra, digamos, e assim procedo para penetrar por completo, e não pela metade ou sem convicção, nesse detalhe da Terra, ou seja, para investigá-lo e, então, uma vez investigado com todo o rigor à minha disposição, deduzir da parte o todo. Quem lê tudo não compreende nada, disse ele. Não é necessário ler todo o Goethe, todo o Kant, nem mesmo todo o Schopenhauer; duas ou três páginas do *Werther*, duas ou três páginas de *As afinidades eletivas*, e ficaremos sabendo mais sobre esses dois livros do que se os tivéssemos lido do começo ao fim, o que certamente nos privaria do mais puro prazer. Mas essa drástica autocontenção demanda tamanha coragem e uma tal força intelectual que raras vezes pode ser alcançada, nós próprios a alcançamos apenas muito raramente; como todo carnívoro, o homem que lê é repugnantemente guloso e, como todo carnívoro, acaba por arruinar seu estômago, a própria saúde, a cabeça e toda a sua existência intelectual. Mesmo um ensaio filosófico, nós o compreendemos melhor quando não o deglutimos *em sua totalidade*, de uma vez só, e sim quando escolhemos apenas um detalhe, a partir do qual, se tivermos sorte, chegaremos ao todo. Prazer supremo nos dão os fragmentos, assim como, da vida, também extraímos o máximo prazer ao contemplá-la como fragmento, e quão pavorosa nos é a totalidade e, a rigor, o perfeito e acabado. É somente quando temos a felicidade de transformar em fragmento a totalidade, o acabado, o perfeito enfim, e quando então nos lançamos a lê-lo, que extraímos daí um grande prazer, e mesmo, sob certas circunstâncias, o maior de todos. Em sua totalidade, nossa época já se tornou insuportável há muito tempo, disse ele; suportável ela nos é apenas onde enxergamos o fragmento. A totalidade, a perfeição, é-nos insuportável, disse ele. Por isso, para mim, também estes quadros todos do Kunsthistorisches Museum são a rigor insuportáveis, são terríveis, para ser sincero. Para poder suportá-los, procuro em cada um deles, dentro de cada um deles, aquilo que é chamado de *erro grave*, e esse é um procedimento que, até agora, sempre alcançou seu objetivo, ou seja, o de transformar num fragmento cada uma dessas chamadas obras de arte acabadas, disse ele. O perfeito não apenas nos ameaça sem cessar com nossa aniquilação, mas aniquila também tudo que vemos nestas paredes e que carrega a designação *obra de arte*, disse ele. Eu parto do princípio de que o perfeito, a totalidade, nem sequer existe, e toda vez que transformo em fragmento uma assim chamada obra de arte perfeita pendurada aqui na parede — na medida em que procuro longamente nela, dentro dela, o chamado erro grave, o momento decisivo do fracasso do artista que a pintou, algo que busco até encontrar — dou um passo adiante. Em cada um desses quadros, em cada uma dessas chamadas obras-primas, encontrei e pus a nu um erro grave, o fracasso de seu criador. Há mais de trinta anos, essa minha conta infame, como você talvez a veja, tem dado certo. Nem uma única dessas obras de arte mundialmente famosas, seja ela de quem for, constitui de fato uma totalidade, uma obra perfeita. Isso me tranquiliza, disse ele. A rigor, me faz feliz. É só quando nos damos conta constantemente de que a totalidade e a perfeição não existem que temos a possibilidade de seguir vivendo. Não suportamos a totalidade e a perfeição. Precisamos ir a Roma e constatar que a Basílica de São Pedro não é senão trabalho malfeito e de mau gosto, que o altar de Bernini é uma tolice arquitetônica, disse ele. Precisamos ver o papa cara a cara e *constatar em pessoa* que, tudo somado, também ele é um ser humano desamparado e grotesco como todos os demais, e só assim logramos suportar. É preciso ouvir Bach muitas vezes, ouvi-lo fracassar, assim como, muitas vezes, ouvir Beethoven fracassar e mesmo Mozart, ouvi-lo diversas vezes, constatar seu fracasso. Assim devemos proceder também com os chamados grandes filósofos, que são nossos artistas preferidos do intelecto, disse ele. Decerto, amamos Pascal não por ele ser tão perfeito, e sim, a rigor, por seu desamparo, assim como amamos Montaigne pelo desamparo de quem procura ao longo de toda a vida e não acha, ou Voltaire, a quem também amamos por seu desamparo. Amamos, enfim, a filosofia e todas as ciências do espírito apenas por seu absoluto desamparo. Só amamos de verdade os livros que não constituem uma totalidade mas se revelam caóticos e desamparados. E assim é com todos e com cada um, disse Reger, também a um ser humano nos apegamos em especial apenas por seu desamparo, porque ele não é uma totalidade, porque é caótico e imperfeito. Sim, El Greco, está muito bem, digo, mas o bom homem não conseguia pintar uma única mão! Ou Veronese, está bem, digo, mas o bom homem era incapaz de pintar um rosto natural. E o que eu lhe disse hoje sobre a fuga, disse Reger ontem, de todos os compositores, mesmo os maiores dentre eles, nem um único compôs uma fuga perfeita, nem mesmo Bach, que foi a serenidade em pessoa, dono da mais pura clareza ao compor. Não existe um quadro perfeito, um livro perfeito, uma obra musical perfeita e acabada, disse Reger, essa é que é a verdade, e essa verdade é que permite que uma cabeça como a minha siga existindo, uma cabeça que a vida toda nada mais foi que desesperada. Toda cabeça precisa ser uma cabeça que busca, uma cabeça à procura dos erros, em busca dos erros da humanidade, uma cabeça que procura o fracasso. A cabeça humana só é uma cabeça humana de fato quando ela busca os erros dos homens. A cabeça humana não é cabeça humana nenhuma quando não sai em busca dos erros da humanidade, disse Reger. Uma boa cabeça é aquela que procura os erros dos homens, uma cabeça extraordinária é aquela que encontra esses erros, e uma cabeça genial é aquela que, depois de haver encontrado esses erros, aponta para os erros descobertos e os *exibe* com todos os meios de que dispõe. Também nesse sentido, disse Reger, confirma-se a máxima, de resto sempre repetida sem pensar, de que *quem procura, acha*. Aqui neste museu, em meio a estas centenas de, por assim dizer, obras de arte, quem procura erros os encontra, disse Reger. Nenhuma obra neste museu está livre de erros, eu afirmo. Você pode rir disso, ele disse, pode até se assustar, mas, a mim, isso me faz feliz. Não é à toa que venho há mais de trinta anos ao *Kunsthistorisches Museum*, e não ao *Museu de História Natural*, ali em frente. Ele seguia sentado no banco com o chapéu preto na cabeça, verdadeiramente imóvel, e estava claro que, agora, já não contemplava o *Homem de barba branca* havia muito tempo, e sim algo bem diferente, atrás do *Homem de barba branca*, não contemplava o Tintoretto, e sim algo bem distante do próprio museu, ao passo que eu, sim, observava Reger e o *Homem de barba branca* mas via também, mais atrás, o Reger que ontem me explicava as fugas. Já o ouvi explicar as fugas tantas vezes que, ontem, não me animei a ouvi-lo com atenção; segui, decerto, o que ele dizia, e foi muito interessante o que ele disse, por exemplo, sobre as tentativas de Schumann no âmbito da fuga, mas meus pensamentos estavam em outra parte. Via Reger sentado no banco e, atrás dele, o *Homem de barba branca*; via o Reger que, mais uma vez e com um amor ainda maior que de costume, tentava me explicar a arte da fuga, ouvia o que ele dizia e, no entanto, olhava para minha infância, ouvia as vozes da minha infância, as vozes de meus irmãos, a voz de minha mãe, as vozes de meus avós no campo. Em criança, fui muito feliz no campo, mas mais feliz ainda ficava sempre na cidade, assim como mais tarde e ainda hoje sinto-me muito mais feliz na cidade do que no campo. Do mesmo modo como, aliás, sempre me senti muito mais feliz na arte do que na natureza, a natureza sempre foi para mim, a vida toda, *inquietante*, ao passo que a arte sempre me *aquietou.* Já na infância, que passei sobretudo aos cuidados de meus avós maternos e na qual, tudo somado, fui de fato feliz, sempre me senti em segurança e em boas mãos no chamado mundo da arte, não na natureza, que por certo sempre admirei mas sempre temi também, e isso não mudou em nada até hoje, não me sinto em casa nem por um momento na natureza, e sim, sempre, no mundo da arte, sobretudo no mundo da música, que é onde me sinto mais seguro. Até onde consigo lembrar, não há nada neste mundo que eu tenha amado mais do que a música, pensei, enquanto, através de Reger e para além do museu, olhava para minha infância. Sempre amei esse olhar que atravessa um longo caminho até a infância longínqua, entrego--me a ele e o aproveito o máximo que posso; que esse meu olhar para a infância nunca tenha fim, penso sempre. Que tipo de infância teve Reger?, pensei. Não sei muito a esse respeito, Reger não é muito falante no que se refere à infância. E Irrsigler? Ele não gosta de tocar no assunto nem de lembrar a própria infância. Perto do meio-dia, mais e mais grupos de pessoas chegam ao museu, nos últimos tempos são muitíssimos os que vêm da Europa Oriental, por vários dias seguidos vi grupos provenientes da Geórgia compelidos ao longo das galerias por guias falando russo, e "compelidos" é a palavra certa, porque, em vez de caminhar pelo museu, eles o atravessam correndo, açodados e, a rigor, sem nenhum interesse, totalmente exaustos das impressões todas que a viagem a Viena já os obrigou a suportar. Semana passada, observei um homem de Tbilisi que se destacou de um grupo de caucasianos e pretendeu seguir sozinho seu caminho pelo museu, um pintor, verificou-se depois, que me perguntou por Gainsborough; solícito, eu disse a ele onde encontrar Gainsborough. Por fim, seu grupo já deixara o museu quando ele veio em minha direção para perguntar onde ficava o hotel *Wandl,* onde o grupo estava hospedado. Passara meia hora diante da *Paisagem de*

Suffolk sem pensar em seu grupo nem por um instante, era a primeira vez que vinha à Europa Central e que via um Gainsborough original. Aquele Gainsborough tinha sido o ponto alto de sua viagem, disse ele num alemão surpreendentemente bom, antes de dar meia-volta e deixar o museu. Quis ajudá-lo em sua busca pelo hotel *Wandl*, mas ele dispensou minha ajuda. Um jovem pintor, de cerca de trinta anos, viaja para Viena com um grupo de Tbilisi, contempla a *Paisagem de Suffolk*, de Gainsborough, e afirma que essa contemplação da *Paisagem de Suffolk*, de Gainsborough, tinha sido o ponto alto de sua viagem. Esse fato me deixou pensativo por toda a tarde que se seguiu, até o princípio da noite. Como ele pintava em Tbilisi era a pergunta que eu me fazia o tempo todo, um pensamento que, por não fazer sentido, enfim abandonei. Nos últimos tempos, mais italianos que franceses e mais ingleses que americanos visitam o Kunsthistorisches Museum. Os italianos, com seu entendimento inato da arte, sempre se mostram como se tivessem sido iniciados já ao nascer. Os franceses, por sua vez, caminham mais entediados pelo museu, e os ingleses fazem como se já soubessem e conhecessem tudo. Os russos se enchem de admiração. Os poloneses contemplam tudo com soberba. Os alemães olham o tempo todo para o catálogo do museu ao caminhar pelas salas, mal olham para as pinturas originais nas paredes, seguem o catálogo e, conforme avançam pelo Kunsthistorisches Museum, vão rastejando cada vez mais para dentro do catálogo, o que fazem até chegar à última página e, portanto, de volta ao lado de fora do museu. Dos austríacos, e em particular dos vienenses, poucos vão ao Kunsthistorisches Museum, à parte os milhares de escolares que, a cada ano, cumprem com sua visita obrigatória. Cada classe é conduzida pelo museu por seu professor ou sua professora, o que provoca um efeito devastador nos alunos, porque, nessas visitas ao Kunsthistorisches Museum, professores e professoras sufocam toda e qualquer sensibilidade dos alunos para a pintura e para os pintores, graças a sua estreiteza professoral. Estúpidos como em geral são, eles logo matam nos alunos sob sua responsabilidade todo e qualquer sentimento, e não apenas em relação à pintura, de tal modo que a visita ao museu pela qual conduzem suas, por assim dizer, vítimas inocentes será em geral a última que elas farão, e isso em razão da estupidez dos professores e de sua tagarelice. Uma vez tendo os alunos visitado o Kunsthistorisches Museum na companhia de seus professores, eles jamais voltarão, pelo resto da vida. A primeira visita de todos esses jovens é também sua última. Nessas visitas, os professores aniquilam para sempre o interesse pela arte que possam ter os alunos sob sua responsabilidade, essa é que é a verdade. Os professores arruínam os alunos, essa é que é a verdade, um fato centenário, e os professores austríacos arruínam sobretudo, e desde o princípio, o gosto dos alunos em matéria de arte; de início, todos os jovens são abertos a tudo, o que significa também à arte, mas os professores a exorcizam deles por completo; a cabeça predominantemente estúpida dos professores austríacos até hoje segue atentando sem nenhum escrúpulo contra o anseio dos estudantes por arte e por todo o artístico, que, de saída, fascina e entusiasma os jovens da maneira mais natural. Os professores, no entanto, são absolutamente pequeno-burgueses e atentam instintivamente contra o fascínio e o entusiasmo dos alunos pela arte, na medida em que rebaixam a arte e o artístico de modo geral a seu nível estúpido e deprimente de diletantismo e, nas escolas, transformam a arte e o artístico de modo geral em nojentas melodias para flauta, bem como, igualmente nojentas e canhestras, para coro, o que só pode repugnar os alunos. Assim, já de saída os professores vedam o acesso dos alunos à arte. Não sabem o que é a arte e, portanto, tampouco podem dizer a seus alunos ou ensinar-lhes o que ela é, o que significa que não os conduzem *à* arte, e sim *para longe* dela, com sua *arte aplicada* repugnante, sentimental, melodiosa e instrumental, que só há de afugentar seus pupilos. Não existe gosto para a arte mais vulgar que o dos professores. Já na escola primária eles arruínam o gosto para a arte dos alunos, ainda bem cedo exorcizam deles a arte, em vez de instruí-los nessa matéria e fazer dela, sobretudo da música, um dos prazeres da vida. Mas não é apenas em matéria de arte que os professores atuam como obstáculos, como aniquiladores; de modo geral, eles são desde sempre obstáculos à vida e à existência, porque, em vez de ensinar os jovens a viver, de lhes explicar a vida, fazer dela uma riqueza verdadeiramente inesgotável extraída de sua própria natureza, eles a exterminam, fazem de tudo para exterminá-la neles. A maioria de nossos professores são criaturas miseráveis, cuja missão de vida parece consistir em trancafiar a vida, impedir aos jovens o acesso a ela e, ao fim e ao cabo, transformá-la numa terrível degradação. Professores tornam-se, afinal, apenas aquelas pobres cabeças sentimentais e perversas da classe média mais baixa. Os professores são os criados do Estado, e onde esse Estado é hoje intelectual e moralmente estropiado, como é o austríaco, um Estado que só ensina o embrutecimento, o apodrecimento e um caos que se traduz em perigo público, aí, naturalmente, também os professores vão se revelar intelectual e moralmente estropiados, embrutecidos, empobrecidos e caóticos. Esse Estado *católico* não tem a menor compreensão para a arte e, portanto, tampouco seus professores a têm ou têm como ter, isso é que é deprimente. Esses professores ensinam o que o Estado católico é e o que ele os encarrega de ensinar: a estreiteza mental e a brutalidade, a vulgaridade e a vileza, o aviltamento e o caos. Desses professores, os alunos nada mais podem esperar senão a mendacidade do Estado católico e do poder estatal católico, pensei, enquanto observava Reger e, ao mesmo tempo, através do *Homem de barba branca* de Tintoretto, tornava a contemplar minha infância. Eu próprio também tive esses professores terríveis e inescrupulosos, primeiramente os do campo, depois os da cidade, que seguiram se alternando sem cessar, os da cidade e os do campo, e me arruinando por mais da metade da minha vida, arruinaram-me de antemão por décadas esses meus professores, penso eu. Também a mim e a minha geração, nada mais ofereceram a não ser as monstruosidades do Estado e do mundo arruinado e destruído por esse Estado. Não me legaram nada mais que as atrocidades do Estado e do mundo desenhado por esse Estado. Também a mim, assim como aos jovens de hoje, não ofereceram nada além de sua *in*compreensão, de sua *in*capacidade, de sua estupidez e de sua insipidez. A mim também meus professores só legaram sua *in*capacidade, penso eu. Não me ensinaram nada mais que o caos. Por décadas, aniquilaram também em mim, sem nenhum escrúpulo, tudo aquilo que eu tinha e que originalmente servia a meu propósito de, munido de todas as possibilidades de meu intelecto, me desenvolver de fato em meu mundo. Eu próprio tive esses professores horrorosos, tacanhos, degradados, possuidores de uma concepção absolutamente vil das pessoas e de seu mundo, a mais vil das concepções, determinada pelo Estado: a de que, em prol dos objetivos desse Estado, cabia sempre reprimir e, por fim, exterminar a natureza nos novos jovens. Também eu tive professores assim, com suas flautas perversas e seus violões perversos, que me obrigaram a decorar as dezesseis estrofes de um poema estúpido de Schiller, o que sempre considerei punição das mais terríveis. Também eu tive esses professores, que se valiam da própria misantropia secreta como método diante de alunos impotentes, esses patéticos e sentimentais criados do Estado de dedo em riste. Também tive esses intermediários mentecaptos do Estado, que várias vezes por semana golpeavam meus dedos com vara de avelaneira e os faziam inchar, que me erguiam pelas orelhas de tal modo que nunca mais me livrei dos choros compulsivos e secretos. Hoje, os professores já não erguem os alunos pelas orelhas nem lhes golpeiam os dedos com vara, mas seu espírito maligno permaneceu o mesmo, não vejo outra coisa quando observo professores e seus alunos aqui no museu, em visita aos chamados Mestres Antigos, são os mesmos, penso eu, que os tive também, os mesmos professores que me destruíram e me aniquilaram para a vida. É assim que tem de ser, assim é, dizem eles, e não admitem contestação, porque este Estado católico não admite a menor contestação; não legam coisa nenhuma a seus alunos, menos ainda algo de seu. Só o lixo estatal é enfiado na cabeça desses alunos, nada mais, como o milho no ganso, e esse lixo estatal é entulhado na cabeça dos alunos até asfixiá-la. O Estado pensa: *As crianças são filhas do Estado*; ele pensa assim e age de acordo com isso, exercendo há séculos sua influência devastadora. Na verdade, *o Estado* pare as crianças, *só crianças estatais nascem*, essa é que é a verdade. Não existem crianças livres, apenas crianças estatais, com as quais o Estado pode fazer o que quiser, é ele quem as traz ao mundo, as mães são tão somente persuadidas a pôr as crianças no mundo, mas *é do ventre estatal que as crianças vêm*, essa é que é a verdade. Centenas de milhares nascem todo ano do ventre do Estado, como crianças estatais, essa é que é a verdade. Essas crianças estatais vêm ao mundo do ventre do Estado e vão para a escola estatal, onde são ensinadas por professores estatais. O Estado pare suas crianças no Estado, essa é que é a verdade, o Estado pare suas crianças estatais no Estado e nunca mais as deixa. Para onde quer que olhemos, só vemos crianças estatais, alunos estatais, trabalhadores estatais, funcionários estatais, velhos estatais e mortos estatais, essa é que é a verdade. O Estado faz e só possibilita a existência de seres estatais, essa é que é a verdade. O ser natural não existe mais, tudo que há são seres estatais, e onde quer que haja ainda o ser natural, ele é perseguido, caçado até a morte e/ou transformado em ser estatal. Minha infância foi tão bela quanto atroz e aterradora, penso, uma infância na qual, em casa de meus avós, me foi permitido ser uma pessoa natural, ao passo que na escola eu era o ser estatal, metade do dia, natural, metade, estatal; metade do dia, ou seja, à tarde, eu era um ser natural e, por isso mesmo, feliz, ao passo que na outra metade, isto é, de manhã, era um ser estatal e, por isso mesmo, infeliz. À tarde, era felicíssimo, mas, de manhã, a pessoa mais infeliz que se pode conceber. Por muitos anos fui, à tarde, a mais feliz das criaturas e, de manhã, a mais infeliz, penso eu. Em casa de meus avós, era natural e feliz, na escola, na cidadezinha lá embaixo, inatural e infeliz. Se ia à cidadezinha lá embaixo, tomava o rumo da infelicidade (do Estado!); se subia a montanha em direção à casa de meus avós, o da felicidade. Se ia para a casa dos avós na montanha, rumava para a natureza e a felicidade, mas quando descia para a cidadezinha e para a escola, ia rumo ao inatural e à infelicidade. De manhã cedo, ia direto para a infelicidade e, de lá, retornava ao meio-dia ou no começo da tarde para a felicidade. A escola é a escola estatal, na qual os jovens são transformados em seres estatais e, portanto, em nada mais que criados do Estado. Se ia à escola, ia ao Estado, e, como o Estado aniquila as pessoas, ao instituto de aniquilação humana. Por muitos anos *fui* da felicidade (de meus avós!) à infelicidade (do Estado!) e vice-versa, da natureza ao inatural e vice-versa, toda a minha infância nada mais foi que esse ir e vir. Cresci em meio a esse ir e vir da infância. Nesse jogo demoníaco, porém, o vencedor não foi a natureza, e sim o *in*atural, a escola e o Estado, e não a casa de meus avós. O Estado me engoliu, como a todos os outros, me fez obediente a ele, Estado, transformou-me num ser estatal, um ser regulamentado, registrado, treinado, formado, pervertido e deprimido, como todos os demais. Quando vemos pessoas, o que vemos são apenas seres estatais, *servidores* estatais, como muito corretamente se diz, não são seres naturais que vemos, e sim seres estatais absolutamente inaturais, *serviçais* do Estado que passam a vida toda servindo a esse Estado e, portanto, ao inatural. Quando vemos seres humanos, o que estamos vendo são apenas seres estatais, seres inaturais vitimados pela estupidez do Estado. Quando vemos seres humanos, o que vemos são tão somente seres entregues ao Estado, servidores que o próprio Estado vitimou. As pessoas que vemos são vítimas do Estado, e a humanidade que contemplamos nada mais é que ração estatal, aquela que alimenta o Estado cada vez mais voraz. A humanidade já não passa de uma humanidade estatal, perdeu sua identidade há séculos, ou seja, desde que o Estado passou a existir, penso eu. A humanidade é hoje apenas essa *in*umanidade que é o Estado, penso eu. Hoje em dia, o ser humano é somente ser estatal e, portanto, nada mais que o ser humano aniquilado, o ser estatal como único humano humanamente possível, penso eu. O ser humano natural nem é mais possível, penso eu. Quando, nas metrópoles, vemos os bandos de milhões de seres estatais, sentimos nojo, porque nojo é também o que sentimos quando vemos o Estado. Todo dia, ao acordarmos, o Estado nos enoja, e, quando saímos para a rua, enojam-nos os seres estatais que povoam esse Estado. A humanidade é um Estado gigante, do qual, toda vez que acordamos, se somos sinceros, sentimos nojo. Como todos, vivo num Estado de que sinto nojo quando acordo. Os professores que temos ensinam o Estado às pessoas, ensinam todos os horrores e pavores do Estado, toda a mendacidade do Estado, só não ensinam que o Estado *é* todos esses horrores e pavores e hipocrisias. Há séculos, os professores apanham seus alunos com o alicate estatal, os martirizam durante anos, décadas, e os esmagam. Aí, então, em missão estatal, os professores caminham com seus alunos pelo museu e, com sua estupidez, acabam com o interesse deles pela arte. Mas o que é essa arte nas paredes senão *arte estatal?*, penso eu. Reger só fala em *arte estatal* quando fala sobre arte, *e quando fala sobre os chamados Mestres Antigos, fala sempre e somente em Mestres Antigos estatais.* Sim, porque a arte pendurada nestas paredes não é senão arte estatal, pelo menos os quadros nas paredes da pinacoteca do Kunsthistorisches Museum. Todos estes quadros nas paredes não são senão obras de artistas estatais. *Do agrado da arte estatal católica, nada mais.* Sempre apenas um vulto, como diz Reger, nunca um rosto. Sempre apenas uma fronte, e não uma cabeça. De modo geral, sempre e apenas a frente, sem o verso, sempre e de novo apenas a mentira e a mendacidade, sem a realidade e a verdade. Todos estes pintores nada mais foram que artistas estatais absolutamente hipócritas, coniventes com o desejo de agradar de seus empregadores, nem mesmo Rembrandt constitui aí uma exceção, diz Reger. Observe o Velázquez, nada mais que arte estatal, o Lotto, o Giotto, sempre e somente arte estatal, como esse pavoroso protonazista, esse pré-nazista, Dürer, que pôs a natureza na tela e a matou, *esse sujeito lúgubre,* como diz Reger com frequência, porque de fato o odeia profundamente, esse *Dürer de Nuremberg, artista do cinzel.* Reger caracteriza as pinturas nestas paredes como arte encomendada pelo Estado, à qual pertence *inclusive o Homem de barba branca.* Os chamados Mestres Antigos sempre serviram apenas ao Estado ou à Igreja, o que dá no mesmo, como Reger sempre diz, isto é, servir a um imperador ou a um papa, a um duque ou a um arcebispo. Assim como o chamado homem livre é uma utopia, também o chamado artista livre sempre foi uma utopia, um desvario, como Reger diz com frequência. Os artistas, os chamados grandes artistas, Reger diz, penso, são ademais as pessoas mais inescrupulosas que existem, muito mais inescrupulosas que os políticos. Os artistas são os mais hipócritas, mais hipócritas que os políticos, o que significa que os artistas a serviço da arte são ainda mais hipócritas que os artistas a serviço do Estado, ouço Reger dizer outra vez. Afinal, essa arte volta-se sempre para os todo-poderosos e para os poderosos, e contra o mundo, Reger diz frequentemente, essa é sua vileza. Miserável é o que essa arte é, e nada mais, ouço agora o que Reger me disse ontem, enquanto, neste momento, o observo da Sala Sebastiano. E, na verdade, por que pintam os pintores, se temos a natureza?, tornou a se perguntar ele ontem. Mesmo a obra de arte mais extraordinária não passa de uma tentativa miserável, inteiramente sem sentido ou propósito, de imitar a natureza, mero arremedo, disse Reger. O que é o rosto pintado da mãe de Rembrandt, se comparado ao rosto real de minha própria mãe?, perguntou ele. O que são os prados do Danúbio, pelos quais posso *caminhar* enquanto os *vejo*, comparados aos *pintados*?, perguntou. Para mim, não existe nada mais repugnante, disse ele ontem, que o retrato do grande senhor. É a pintura dos grandes senhores, nada mais que isso, disse ele. *Registrar*, dizem as pessoas, *documentar*, mas, como sabemos, só se registra e documenta o que é mentira, o que não corresponde à verdade, somente a inverdade e a hipocrisia são registradas e documentadas, a posteridade só vê nas paredes a inverdade e a hipocrisia, apenas inverdades e hipocrisias se leem nos livros que os chamados grandes escritores nos legaram, nada mais que inverdade e hipocrisia também nas pinturas penduradas nestas paredes. Aquele pendurado na parede nunca é quem o artista pintou, disse Reger ontem. Aquele pendurado na parede não é o que viveu, disse ele. Naturalmente, disse ele, você pode argumentar que se trata do *ponto de vista do artista* que pintou o quadro, o que é verdade, embora se trate de um ponto de vista mentiroso; pelo menos no que diz respeito aos quadros deste museu, é sempre e somente o *ponto de vista estatal e católico de cada artista*, uma vez que tudo que se vê aqui nada mais é que arte estatal católica e, portanto, sou obrigado a dizê-lo, uma arte vulgar; por mais grandiosa que seja, ela é tão somente arte estatal católica vulgar. Os chamados Mestres Antigos, quando contemplamos vários deles um ao lado do outro, isto é, quando contemplamos suas obras de arte lado a lado, são acima de tudo entusiastas da hipocrisia que se engraçaram com o Estado católico e se venderam a ele, ou seja, ao gosto católico estatal, Reger diz. Nesse sentido, temos apenas uma história da arte inteiramente deprimente e católica, uma história da pintura inteiramente deprimente e católica, que sempre encontrou e encontra seu tema no céu e no inferno, jamais na terra, disse Reger. Os pintores não pintaram o que precisariam ter pintado, e sim apenas e tão somente o que lhes foi encomendado, ou aquilo que os ajudou a ter e lhes trouxe dinheiro ou fama, disse ele. Os pintores, todos esses Mestres Antigos, que a maior parte do tempo me enojam como ninguém e que sempre me horrorizaram, disse Reger, sempre serviram a algum senhor, nunca a si mesmos e, portanto, à humanidade. Sempre pintaram um mundo mentiroso, falseado por eles de dentro para fora e mediante o qual esperavam obter para si dinheiro e fama; pintaram, todos eles, com essa intenção, ávidos de dinheiro e fama, e não porque quisessem ser pintores, mas apenas porque almejavam fama ou dinheiro, ou fama e dinheiro ao mesmo tempo. Na Europa, sempre serviram apenas e tão somente a um deus católico, com as mãos e com a cabeça, disse ele, a um deus católico e a seus deuses católicos. Cada pincelada de um desses chamados Mestres Antigos, por mais genial que seja, constitui uma mentira, disse ele. Ornamentadores do mundo, assim chamou Reger ontem aqueles que efetivamente odeia mas que, ao mesmo tempo, e ao longo de toda a sua vida miserável, sempre o fascinaram. Ajudantes de decoração das mentiras religiosas dos soberanos católicos europeus, nada mais que isso são esses Mestres Antigos, isso é o que você vê em cada pingo de tinta que esses artistas, sem nenhuma cerimônia, derramaram sobre suas telas, meu caro Atzbacher, disse Reger. Naturalmente, você há de dizer que se trata aí da mais elevada arte pictórica, disse ele ontem, mas não se esqueça de mencionar, ou ao menos de pensar, ainda que só para si, que temos aí também uma arte pictórica infame, e o infame dessa arte é o que ela tem de religiosa, isso é que é repugnante nela. Quando você se posta por uma hora diante do Mantegna, como fiz anteontem, de repente sente vontade de arrancá-lo da parede, porque percebe o que ele pintou como uma enorme vulgaridade. Ou quando se posta por algum tempo diante do Biliverti ou do Campagnola. Essas pessoas só pintavam para sobreviver, para obter dinheiro e para ir para o céu, e não para o inferno, que ao longo de toda a vida temeram mais que qualquer outra coisa, embora fossem pessoas de muita inteligência, ainda que de muito pouco caráter. Pintores em geral não possuem bom caráter, ao contrário, seu caráter chega a ser muito ruim, razão pela qual sempre demonstram também muito mau gosto, disse Reger ontem, você não encontra um único desses chamados grandes artistas da pintura, ou, digamos, um único desses chamados Mestres Antigos, que tenha sido possuidor de um bom caráter e de bom gosto, e o que quero dizer com "bom caráter" é, muito simplesmente, um caráter incorruptível. Todos esses artistas, esses Mestres Antigos, eram corruptíveis, e é por isso que sua arte me repugna tanto, Reger diz. Compreendo todos eles, que me são profundamente repugnantes. Repugna-me tudo que pintaram e que pende destas paredes, penso com frequência, disse ele ontem, e, no entanto, há décadas não consigo parar de estudá-los. Isso é que é terrível, disse ele ontem, o fato de esses Mestres Antigos me repugnarem tanto e de, apesar disso, eu continuar sempre a estudá-los. São, porém, repulsivos, isso está claro, disse ele ontem. Os Mestres Antigos, como são chamados há séculos, só resistem à contemplação superficial; *se os contemplamos em detalhes*, vão pouco a pouco perdendo valor e, no fim, depois de os

42

termos real e verdadeiramente estudado por bastante tempo, isto é, tão minuciosamente quanto possível, eles se desfazem, esmigalham-se, deixando-nos apenas um sabor insosso, em geral um gosto bastante ruim na cabeça. No fim, a maior e mais significativa das obras de arte pesa-nos na cabeça feito um enorme pedaço de vulgaridade e mentira, como um pedaço de carne demasiado grande no estômago. Fascinamo-nos com uma obra de arte que, no fim, é risível. Se você dedica um tempo a ler Goethe de uma maneira mais profunda que a normal, com uma intensidade maior que a normal e com uma insolência também maior que a normal, no fim aquilo que tiver lido, seja lá o que for, lhe parecerá risível, basta que você o leia com assiduidade maior que a normal e ele lhe parecerá inegavelmente risível, até mesmo o que há de mais inteligente será, no fim das contas, uma asneira. Ai daquele que lê com profundidade, porque vai arruinar tudo que lê. Tanto faz o que você lê, no fim a leitura lhe parecerá risível e, no fim das contas, desprovida de todo e qualquer valor. Evite aprofundar-se numa obra de arte, disse ele, porque isso a estragará por completo, até mesmo a obra mais amada. Não contemple uma pintura por tempo demasiado, não leia nenhum livro em profundidade, jamais ouça uma peça musical com a máxima intensidade, porque você estará arruinando assim o que há de mais belo e proveitoso neste mundo. Leia aquilo que ama, mas sem adentrá-lo totalmente, ouça aquilo que ama, mas não totalmente, contemple aquilo que ama, mas nunca totalmente. Como sempre me dediquei à contemplação total, à audição total e à leitura total, ou pelo menos sempre tentei ouvir, ler e contemplar tudo em sua totalidade, ao fim e ao cabo sempre estraguei tudo, estraguei para mim mesmo as artes plásticas, a música e a literatura, disse ele ontem. Com esse meu método, ao fim e ao cabo estraguei o mundo inteiro, arruinei tudo. Por anos a fio, simplesmente estraguei tudo, até mesmo minha mulher, do que muito me arrependo. Durante anos a fio, disse ele, só logrei existir dentro desse método de estragar tudo, e sempre pela via desse mesmo método. Mas agora sei que, se pretendo continuar vivo, não posso me permitir ler, não posso ouvir e tampouco posso contemplar e examinar as coisas em sua totalidade. Não ler, não ouvir, não contemplar nem examinar totalmente, isso é uma arte, disse ele. Ainda não domino essa arte por completo, disse ele, porque minha predisposição é a de me envolver totalmente, de me manter firme e ir sempre até o fim, o que constitui, devo lhe dizer, minha verdadeira desgraça, disse ele. Durante décadas, quis fazer tudo em sua totalidade, e essa foi minha desgraça, disse ele. Esse mecanismo de decomposição altamente pessoal e sempre voltado para a totalidade, disse ele. Não foi para pessoas como eu que esses Mestres Antigos pintaram, que os grandes compositores do passado compuseram e que os grandes escritores escreveram, naturalmente não para pessoas como eu, jamais algum deles teria pintado, escrito ou composto para gente como eu, disse ele. A arte não é feita para ser contemplada, ouvida ou lida em sua totalidade, disse ele. A arte é feita para a porção miserável da humanidade, para a gente corriqueira, normal e, devo mesmo dizer, para ninguém mais que a gente de boa-fé. Uma grande obra arquitetônica, disse ele, com que rapidez ela se apequena à contemplação de olhos como os meus, e ainda que famosa, íntegra e exata, logo se encolhe toda numa arquitetura risível. Fiz viagens para ver a grande arquitetura, disse ele, naturalmente fui primeiro à Itália, à Grécia e à Espanha, mas, a meus olhos, as catedrais logo se encolheram, transformando-se em nada mais que tentativas impotentes e mesmo risíveis de contrapor ao céu um *segundo* céu, de uma catedral a outra sempre um *segundo* céu ainda mais grandioso, de um templo a outro sempre algo ainda mais grandioso, disse ele, e, sempre, resultando apenas em algo canhestro. Naturalmente, visitei os maiores museus, e não apenas na Europa, estudei suas obras, estudei-as com a máxima intensidade, e logo me pareceu que todos esses museus não continham senão o desamparo pintado, a incapacidade pintada, o fracasso pintado, a porção canhestra do mundo, tudo nesses museus é fracasso e inaptidão, disse Reger ontem, tanto faz o museu em que você começa a contemplar e estudar, o que você estuda é o fracasso e a inaptidão. Meu Deus, o Prado, disse ele, com certeza o museu mais importante do mundo em matéria de Mestres Antigos, mas, cada vez que me sento no Ritz, do outro lado da rua, para tomar meu chá, o que penso é que também o Prado só contém obras imperfeitas, fracassadas e, em última instância, tão somente risíveis e diletantes. Em certos momentos, quando estão na moda, disse ele, alguns artistas são simplesmente inflados a uma enormidade de chacoalhar o mundo; então, de repente, uma cabeça incorruptível perfura essa inflada enormidade e ela explode, faz-se nada, não mais que de repente, disse ele. Velázquez, Rembrandt, Giorgione, Bach, Händel, Mozart, Goethe, disse ele, assim como Pascal, Voltaire — enfim, todas essas enormidades infladas. *E esse Stifter*, disse ele ontem, que eu mesmo sempre venerei tão enormemente, muito além da mera vassalagem artística, também ele não passa de um escritor ruim, a um exame mais aprofundado, assim como Bruckner, que, se ouvido em profundidade, é um compositor ruim, quando não simplesmente miserável. Stifter escreve num estilo horroroso e, ainda por cima, digno de crítica do ponto de vista gramatical; da mesma forma, Bruckner se deixou levar por seu enlevo musical caótico-selvagem, recheado de notas e, mesmo em idade avançada, religioso-pubertário. Venerei Stifter durante décadas sem de fato me ocupar dele de maneira precisa e radical. Quando o fiz de maneira precisa e radical, um ano atrás, não pude crer em meus olhos e ouvidos. Um alemão ou austríaco, como você quiser, tão imperfeito e canhestro, isso eu jamais tinha lido em toda a minha vida intelectual, e escrito por um autor que hoje, de fato, é famoso precisamente por sua prosa apurada e clara. A prosa de Stifter é tudo, menos apurada, e é também a mais obscura que conheço, cheia de imagens tortas e pensamentos equivocados e oblíquos, tanto que realmente me pergunto por que esse provinciano diletante, que de todo modo sempre foi inspetor de ensino na Alta Áustria, é hoje tão venerado justamente pelos escritores, e não pelos menos conhecidos e destacados, mas sobretudo pelos mais jovens dentre eles. Creio que toda essa gente nunca leu Stifter de fato, apenas o venera cegamente, ouviram falar dele, mas nunca o leram de verdade, como eu o fiz. Um ano atrás, ao ler Stifter de fato, esse *grande mestre da prosa*, que é afinal como o caracterizam, repugnei-me com o fato de algum dia ter venerado e mesmo amado esse escritor canhestro. Li Stifter na minha juventude e tinha uma lembrança dele fundada nessa experiência de leitura. Li Stifter aos doze e aos dezesseis anos, numa época, para mim, absolutamente acrítica. Depois disso, porém, nunca o examinei. Nos trechos mais longos de sua prosa, Stifter é um tagarela insuportável, dono de um estilo canhestro e, o que é absolutamente censurável, desleixado, além de ser de fato o autor mais aborrecido e mentiroso que há na literatura em língua alemã. Sua prosa, que é conhecida por ser concisa, precisa e clara, é na verdade vaga, desamparada e irresponsável, assim como de um tal sentimentalismo pequeno-burguês, de uma tal inabilidade pequeno-burguesa, que revira o estômago ler, por exemplo, o *Witiko* ou "A pasta de meu bisavô". Precisamente "A pasta de meu bisavô" é, já em suas primeiras linhas, uma tentativa canhestra de fazer passar por obra de arte uma prosa levianamente espichada, sentimental e insípida, cheia de erros por dentro e por fora, que nada mais é que uma porcaria pequeno-burguesa produzida em Linz. Seria, aliás, inconcebível que desse buraco provinciano e pequeno-burguês que é Linz, ainda e sempre um buraco provinciano efetivamente da pior espécie desde a época de Kepler, um lugarzinho que possui uma ópera onde as pessoas não sabem cantar, um teatro onde não se sabe representar, pintores que não pintam e escritores incapazes de escrever, de repente surgisse um gênio, que é o que em geral consideram Stifter. Stifter não é gênio nenhum, Stifter é um filisteu rijo, um escritor-inspetor pequeno-burguês rijo e embolorado que nunca foi além das exigências mínimas de sua língua, e menos ainda esteve capacitado a produzir uma obra de arte, disse Reger. Tudo somado, disse ele, Stifter é verdadeiramente um dos artistas que mais me decepcionaram na vida. Um terço ou pelo menos um quarto de suas frases contém erro, metade ou um terço das imagens em sua prosa malogra, e sua própria inteligência é mediana, ao menos em seus escritos literários. Na verdade, Stifter é um dos escritores mais sem fantasia que já escreveram, ao mesmo tempo que um dos mais antipoéticos e apoéticos de todos. Os leitores, porém, e os teóricos da literatura sempre caíram na esparrela desse tal Stifter. Que, no fim da vida, o homem tenha se matado não muda nada em sua absoluta mediocridade. Não conheço escritor no mundo que seja tão diletante e canhestro como Stifter, além de tão limitado e obtuso, mas, ao mesmo tempo, tão mundialmente famoso. Com Anton Bruckner se dá algo semelhante, disse Reger, Bruckner que, possuído pelo catolicismo e em seu perverso temor a Deus, partiu da Alta Áustria para Viena e se entregou por inteiro ao imperador e a Deus. Tampouco Bruckner foi um gênio. Sua música é confusa, tão obscura e canhestra como a prosa de Stifter. Mas, enquanto Stifter sobrevive hoje, a rigor, apenas nos ensaios defuntos dos germanistas, Bruckner ainda leva todo mundo às lágrimas. Pode-se dizer que sua torrente de notas conquistou o mundo, a música de Bruckner celebra o triunfo do sentimentalismo e da pompa mentirosa. Bruckner é, porém, um compositor desleixado, da mesma forma que Stifter é um escritor desleixado, esse desleixo da Alta Áustria é o que os dois têm em comum. Ambos fizeram uma arte devotada a Deus, por assim dizer, uma arte que representa um perigo para a sociedade, disse Reger. Não, Kepler foi um grande sujeito, disse Reger ontem, mas ele não era da Alta Áustria, e sim de Württemberg; Adalbert Stifter e Anton Bruckner produziram, em última instância, apenas lixo literário e musical. Quem aprecia Bach e Mozart, Händel e Haydn, disse ele, só há de rejeitar muito naturalmente gente como Bruckner; não precisa desprezá-la, mas é forçoso que a rejeite. E quem aprecia Goethe e Kleist, Novalis e Schopenhauer, há de rejeitar Stifter, também sem precisar desprezá-lo. Quem ama Goethe não pode, ao mesmo tempo, amar Stifter, Goethe sempre enfrentou o difícil, ao passo que Stifter sempre tomou um caminho demasiado fácil. Censurável é que, Reger disse ontem, justamente Stifter tenha sido um temido pedagogo, ocupante, ademais, de um posto elevado, e ainda assim escrevesse com um desleixo que jamais se admitiria em nenhum de seus alunos. Uma única página de Stifter que um de seus alunos lhe apresentasse, Stifter a rabiscaria de fora a fora com um lápis vermelho, disse Reger, essa é que é a verdade. Quando começamos a ler Stifter com um lápis vermelho na mão, não paramos mais de fazer correções, disse Reger. Ali, quem tomou da pena não foi um gênio, disse ele, e sim um desleixado de péssima cepa. Se alguma vez já se classificou uma literatura como insípida, sentimental, de mau gosto e inútil, essa categorização se aplica à perfeição ao que Stifter escreveu. Sua escrita não é arte, e o que ele tem a dizer é insincero de uma maneira absolutamente repugnante. Não é à toa que o leem sobretudo as esposas e viúvas de funcionários públicos, entediadas em suas casas e bocejantes ao correr do dia, disse ele, assim como as enfermeiras em seu tempo livre e as freiras nos conventos. Uma pessoa que de fato pensa não conse-

48

guirá ler Stifter. Creio que as pessoas que o têm em alta e mesmo altíssima conta não fazem ideia do que ele é. Hoje em dia, todos os nossos escritores, sem exceção, falam e escrevem sobre Stifter sempre e apenas com entusiasmo, seguem-no como se ele fosse o deus dos escritores da atualidade. Ou essas pessoas são burras, não possuem gosto nenhum para a arte e nada entendem de literatura, ou, então, como infelizmente me cabe crer antes de mais nada, não leram Stifter, disse Reger. Não me venha falar em Stifter e Bruckner, disse ele, ou, de todo modo, não no contexto da arte e do que entendo por arte. Um mancha a prosa, disse ele, o outro, a música. Pobre da Alta Áustria, disse ele, que acredita de fato ter produzido dois grandes gênios, quando, na verdade, gerou apenas dois fracassos absurdamente supervalorizados, um na literatura, outro na música. Quando penso nas professoras e freiras austríacas depositando seu Stifter no criado-mudo católico, um ícone da arte ao lado do pente e da tesourinha de cortar as unhas dos pés, e quando penso nas mais altas autoridades estatais desfazendo-se em lágrimas ao ouvir uma sinfonia de Bruckner, passo mal, disse ele. A arte é o que há de mais elevado e, ao mesmo tempo, de mais repugnante, disse ele. Mas precisamos nos convencer de que a arte maior, a arte mais elevada, existe, ou caímos em desespero. Mesmo sabendo que toda arte acaba no desamparo, no ridículo, no lixo da história, como tudo o mais, precisamos *verdadeiramente ter confiança* na arte maior, na arte mais elevada, disse ele. Sabemos o que ela é, sabemos que é canhestra e fracassada, mas não podemos nos dar conta constantemente desse saber, porque, se assim fizermos, sucumbiremos sem sombra de dúvida, disse ele. E, voltando a Stifter, prosseguiu, há hoje grande quantidade de escritores que se apoiam nele. Apoiam-se, pois, num diletante absoluto da escrita que, durante toda a sua vida literária, nada mais fez que abusar da natureza. Há que se censurar Stifter por seu abuso absoluto da natureza, disse Reger ontem. Como escritor, quis ser um visionário, mas foi na verdade um cego, disse Reger. Tudo em Stifter é solicitude prepotente, trapalhada virginal, uma insuportável e provinciana prosa de dedo em riste foi o que ele escreveu, e mais nada, disse Reger. Louvam-se suas descrições da natureza. Mas nunca a natureza foi tão equivocadamente construída como em suas descrições, e ela tampouco é tão aborrecida como nos fazem crer suas páginas pacientes, disse Reger. Stifter nada mais é que um granjeiro literário que administra circunstâncias, alguém cuja pena desprovida de arte imobiliza a natureza, e naturalmente também o leitor, mesmo onde ela na verdade é cheia de vida e rica em acontecimentos. Recobriu tudo com seu véu pequeno-burguês até quase sufocá-lo, essa é que é a verdade. No fundo, é incapaz de descrever uma árvore, um passarinho a cantar, um rio caudaloso, essa é que é a verdade. Na tentativa de nos mostrar alguma coisa, ele a paralisa apenas, quer produzir esplendor, mas tudo que gera é embotamento, essa é que é a verdade. Stifter nos torna a natureza monótona, e as pessoas, privadas de sentimento e inteligência; não sabe nada, não inventa coisa nenhuma, e aquilo que descreve — porque descrever é apenas e tão somente o que faz —, ele o descreve com um conservadorismo sem limites. Possui a peculiaridade dos pintores ruins, disse Reger, aqueles que, sabe-se lá por que razão insondável, obtiveram fama e se esparramam por toda parte pelas paredes deste museu; pense em Dürer, por exemplo, e em suas muitas centenas de criações medianas, elas próprias de valor muito inferior ao da moldura que as envolve. Todos esses quadros são admirados, mas seus admiradores não sabem por quê, assim como Stifter é lido e admirado sem que o leitor saiba por quê. O mais enigmático em Stifter é sua fama, disse Reger, uma vez que sua literatura não possui nada de enigmático. Os chamados grandes, nós os decompomos, analisamos ao longo do tempo e, então, os anulamos, disse ele, os grandes pintores, os grandes músicos, os grandes escritores, porque não somos capazes de conviver com sua grandeza, porque pensamos, refletimos a fundo, disse ele. Stifter, porém, não foi nem é grande, não nos serve como exemplo desse procedimento. Ele só nos serve como exemplo de como um artista pode ser venerado como grande durante décadas, de como pode ser amado por uma pessoa, e na verdade por uma pessoa *viciada* em venerar e amar, sem que, no entanto, o amado e venerado jamais tenha sido grande. Juntamente com a decepção que sentimos ao descobrir que a grandeza do artista venerado, admirado e amado não é grandeza nenhuma, que essa grandeza jamais existiu, que nunca passou de grandeza imaginada, grandeza que é, na verdade, pequenez, insignificância, sentimos também a dor inconsiderada daquele que foi enganado. É o castigo, disse Reger, puro e simples castigo pelo fato de termos nos entregado e aceitado cegamente um objeto, e ademais por anos, décadas, ao longo de toda uma vida, talvez, de o termos mesmo venerado e amado sem jamais tê-lo posto à prova. Tivesse eu ao menos uma vez, há trinta, vinte ou pelo menos há quinze anos, posto Stifter à prova, teria sido poupado dessa decepção tardia. Não podemos de modo algum dizer que este ou aquele é o melhor de todos, e para todo o sempre, precisamos pôr constantemente todos os artistas à prova, porque, afinal, nosso gosto artístico e nosso conhecimento da arte evoluem, disso não há dúvida. De Stifter, apenas as cartas são boas, disse Reger, todo o resto não vale nada. Mas os estudos literários ainda vão se ocupar dele por muitos e muitos anos, porque são obcecados por ídolos da escrita como Adalbert Stifter, os quais, ainda que jamais venham a adentrar a *eternidade literária,* vão decerto ajudar os estudiosos a ganhar seu pão duro de cada dia por um bom tempo, e da forma mais agradável possível. Vez por outra, fiz o esforço de dar a diversas pessoas, muito inteligentes e menos inteligentes, de ouvido mais apurado ou menos apurado, uma obra de Stifter para ler, *Pedras coloridas*, por exemplo, "O condor", *Brigitta* ou mesmo "A pasta de meu bisavô", e pedi, então, que me dissessem com sinceridade se tinham gostado do que haviam lido. Compelidas a me responder com sinceridade, todas disseram que *não* tinham gostado, que tinham ficado *imensamente decepcionadas* e que, a rigor, a leitura nada lhes dissera, admiravam-se apenas de ser tão famoso um homem que escrevia coisas tão desatinadas e que, ainda por cima, nada tinha a dizer. Repetir esse *experimento com Stifter* me divertiu por certo tempo, disse ele, isto é, fazer esse que chamo de *teste de Stifter*. Da mesma forma, às vezes pergunto às pessoas se elas gostam mesmo de Ticiano, da *Madona das cerejas*, por exemplo. Ninguém jamais me respondeu que sim, todos disseram admirar o quadro apenas por causa de sua fama, mas que, na verdade, ele não lhes dizia nada. Não quero dizer com isso que comparo Stifter a Ticiano, isso seria completamente absurdo, disse Reger. Os estudiosos da literatura são não só apaixonados por Stifter: são também loucos por ele. Eu acredito que, no que diz respeito a Stifter, aplicam um critério inteiramente insuficiente. Sobre ele, sempre escrevem mais que sobre qualquer outro escritor de sua época, e, quando lemos o *que* escrevem, só podemos supor que não leram nada de Stifter, ou pelo menos que o leram muito superficialmente. A natureza está agora em alta, Reger disse ontem, e aí está uma explicação para que também Stifter esteja em alta. Tudo que tem a ver com a natureza está na crista da onda, disse Reger ontem, e por isso Stifter está na crista da onda, é mesmo a última moda. A floresta está na última moda, os riachos nas montanhas estão na última moda e, portanto, Stifter está na última moda. Ele entedia mortalmente a todos e é fatal que esteja hoje na última moda, disse Reger. O sentimentalismo em si, e isso é que é terrível, está hoje na última moda, como, aliás, tudo que é kitsch está na última moda; a partir de meados dos anos 70 e até agora, meados dos 80, sentimentalismo e kitsch estão na última moda — na última moda na literatura, na pintura e também na música. Nunca se escreveu tanto sentimentalismo kitsch como nos anos 80, nunca se pintou nada mais kitsch e sentimental, e os compositores se superam na produção do kitsch e do sentimental; basta ir ao teatro para ver que hoje ele não oferece senão um kitsch que representa um perigo para a sociedade, nada mais que sentimentalismo, e, mesmo quando é brutal e selvagem, o teatro apresenta apenas um sentimentalismo kitsch e vulgar. Vá às exposições de arte, e elas lhe mostrarão somente o kitsch mais extremo e o sentimentalismo mais repugnante. Vá às salas de concerto, e também lá só vai ouvir música kitsch e sentimental. Os livros hoje estão repletos de uma escrita kitsch e sentimental, e foi isso que, nos últimos anos, pôs Stifter na moda. Stifter é um mestre do kitsch, disse Reger. Em qualquer página de Stifter há kitsch suficiente para satisfazer várias gerações de freiras e enfermeiras sedentas de poesia, disse ele. E, na verdade, também Bruckner é apenas sentimental e kitsch, nada mais que cera orquestral estúpida e monumental para os ouvidos. Os jovens escritores, os mais jovens dentre os que hoje escrevem, escrevem sobretudo um kitsch insípido e impensado, desenvolvem em seus livros um sentimentalismo patético verdadeiramente insuportável, razão pela qual é perfeitamente compreensível que, entre eles, Stifter esteja na moda. Ele, que introduziu na grande, na alta literatura, esse kitsch insípido e impensado e que pôs fim à própria vida com um suicídio igualmente kitsch, está hoje na última moda, disse Reger. Não é nem um pouco incompreensível que hoje, tendo se transformado em moda expressões como "floresta" e "morte das florestas", e sobretudo quando se usa e *abu*sa do *conceito de floresta*, o *Alta floresta* de Stifter venda como jamais vendeu. Como nunca antes, o homem anseia hoje pela *natureza*, e como todos acreditam que Stifter a descreveu, correm todos para

Stifter. Ele, no entanto, não descreveu natureza nenhuma, tudo que fez foi torná-la kitsch. Toda a burrice humana se revela agora no fato de as pessoas peregrinarem às centenas de milhares até Stifter e se ajoelharem diante de cada um de seus livros, como se cada um deles fosse um altar. É precisamente nesse pseudoentusiasmo que a humanidade me repugna, disse Reger, que ela me é repulsiva. No fim, tudo se reduz ao risível ou pelo menos à pobreza, por mais grandioso e importante que seja, disse ele. Na verdade, Stifter sempre me lembra *Heidegger*, aquele burguesinho de bombachas, nacional-socialista e ridículo. Se Stifter, da maneira mais desavergonhada, transformou a alta literatura no mais completo kitsch, Heidegger, o filósofo da Floresta Negra, fez o mesmo com a filosofia; cada um por si e à sua maneira, Heidegger e Stifter transformaram irremediavelmente filosofia e literatura em kitsch. Com Heidegger ainda em vida, gerações e gerações da época da guerra e do pós-guerra correram atrás dele, dedicando-lhe pilhas de doutorados repulsivos e estúpidos; sempre o vejo sentado num banco diante da casa na Floresta Negra ao lado da mulher, que, com seu perverso entusiasmo tricotante, tricota sem parar meias de inverno com a lã provinda das ovelhas heideggerianas tosadas por ela própria. Não consigo ver Heidegger senão sentado no banco diante da casa na Floresta Negra, a seu lado a mulher que o dominou a vida inteira, que lhe tricotou todas as meias, fez todos os seus gorros de crochê, assou seus pães, costurou sua roupa de cama e confeccionou até mesmo suas sandálias. Heidegger tinha o kitsch na cabeça, disse Reger, assim como Stifter, mas de uma maneira ainda muito mais risível que Stifter, que afinal foi de fato *uma figura trágica*, à diferença de Heidegger, *sempre e apenas cômico*, tão pequeno-burguês como Stifter, de uma megalomania igualmente devastadora e dono de uma fraca cabeça pré-alpina, creio, perfeita para o ensopado filosófico alemão. Com imensa fome, germanistas e filósofos alemães deglutiram-no às colheradas durante décadas, como a nenhum outro, empanturrando suas barrigas. Heidegger tinha um rosto comum, disse Reger, não era um rosto inteligente, disse Reger, foi um homem desprovido de toda e qualquer inteligência, sem nenhuma fantasia, carente de toda sensibilidade, um ruminante protoalemão da filosofia, uma vaca filosófica constantemente prenhe, disse Reger, que teve a filosofia alemã por pasto e depositou ali, na Floresta Negra, seu esterco dengoso. Heidegger aplicou, por assim dizer, um golpe do baú filosófico, disse Reger, conseguiu virar de cabeça para baixo toda uma geração das ciências humanas alemãs. Ele é um episódio repulsivo da história da filosofia alemã, Reger disse ontem, do qual participaram, *e participam ainda*, todos os estudiosos alemães. Até hoje ainda não foi totalmente exposto, a vaca heideggeriana por certo emagreceu, mas seguem tirando-lhe o leite. Heidegger em suas bombachas feltradas diante da cabana mentirosa de madeira em Todtnauberg permaneceu sendo para mim apenas a foto do desmascaramento, o burguesinho pensador com o gorro preto da Floresta Negra na cabeça, uma cabeça que só fez requentar sempre e de novo a imbecilidade alemã, Reger diz. Quando chegamos à velhice, passamos já por muitos e muitos modismos assassinos, as modas assassinas na arte, na filosofia e nos artigos de consumo cotidianos. Heidegger é um bom exemplo de uma moda filosófica que um dia tomou conta de toda a Alemanha mas da qual nada restou, exceto certo número de fotografias ridículas e de escritos ainda mais ridículos. Ele foi um feirante da filosofia que só levava para a feira artigos roubados, tudo em Heidegger é de segunda mão, ele foi e é o protótipo do *pós*-pensador completamente desequipado, e desequipado mesmo, para pensar por conta própria. Seu método consistia em se apossar inescrupulosamente de grandes pensamentos alheios e torná-los próprios e pequenos, assim é de fato. Heidegger apequenou toda grandeza de tal forma a fazê-la *acessível aos alemães* — entende? —, *acessível aos alemães*, disse Reger. Ele é o pequeno-burguês da filosofia alemã, aquele que a cobriu com seu gorro kitsch de dormir, o gorro preto e kitsch de dormir que Heidegger sempre usou, em todas as ocasiões. Heidegger é o filósofo de pantufas, o filósofo de gorro de dormir dos alemães, nada mais que isso. Não sei, disse Reger ontem, sempre que penso em Stifter penso também em Heidegger, e vice-versa. Não é coincidência que Heidegger, assim como Stifter, disse Reger, sempre tenha sido e continue sendo popular sobretudo entre mulheres rijas; assim como, solícitas e prepotentes, as freiras e as enfermeiras têm em Stifter seu, por assim dizer, prato preferido, assim também elas consomem Heidegger. Ainda hoje ele é o filósofo preferido do universo feminino alemão. É o *filósofo das mulheres*, aquele que, para o apetite filosófico alemão, é prato filosófico particularmente apropriado para o almoço, saído diretamente da frigideira dos eruditos. Quando você vai a uma reunião pequeno-burguesa, ou mesmo pequeno-burguesa aristocrática, Heidegger é muitas vezes servido antes mesmo do antepasto; você ainda nem tirou o casaco, e já lhe oferecem uma porçãozinha de Heidegger, ainda nem sentou, e a dona da casa já vem lhe servir o xerez Heidegger, por assim dizer, numa bandeja de prata. Heidegger é uma filosofia alemã sempre bem preparadinha, que se pode servir em toda parte e a qualquer momento, disse Reger, em todo e qualquer lar. Não conheço hoje em dia filósofo mais degradado, disse Reger. Para a filosofia, aliás, ele está acabado; se, dez anos atrás, ainda era o grande pensador, hoje seu fantasma, por assim dizer, assombra apenas lares pseudointelectuais, paira somente sobre círculos pseudointelectuais, acrescendo a toda a sua hipocrisia natural ainda outra, artificial. Como Stifter, Heidegger é um pudim insípido mas que pode ser digerido sem dificuldades pela alma alemã mediana. Com o intelecto, tem tão pouco a ver como Stifter com a literatura, acredite-me: no que tange à filosofia e à literatura, esses dois não possuem valor nenhum, embora eu prefira Stifter a Heidegger, que sempre me repugnou, porque sempre achei tudo nele repulsivo, não apenas o gorro de dormir sobre a cabeça e a ceroula de inverno, de confecção própria, sobre a estufa em Todtnauberg, que ele próprio acendia, não apenas a bengala da Floresta Negra que ele mesmo entalhou, mas também sua filosofia da Floresta Negra, também de entalhe próprio — tudo nessa criatura tragicômica sempre me repugnou, me causou repulsa profunda só de pensar; a simples leitura de uma única linha de Heidegger bastava para me repugnar, e já ao tomar conhecimento dela, disse Reger; sempre o vi como um charlatão a tão somente fazer uso de tudo à sua volta e, nessa sua exploração de tudo ao seu redor, a tomar sol no banco diante da casa em Todtnauberg. Ainda hoje passo mal, disse Reger, quando penso que inclusive pessoas bastante inteligentes se deixaram enganar por Heidegger e que até mesmo uma de minhas melhores amigas escreveu uma tese sobre ele, e, ainda por cima, a escreveu *a sério*. Essa história de que *nada existe sem razão* é o que há de mais ridículo, Reger diz. Mas a afetação impressiona os alemães, disse Reger, eles têm um *interesse na afetação*, essa é uma de suas peculiaridades mais marcantes. E, no que diz respeito aos austríacos, são ainda muito piores em todos esses aspectos. Eu vi uma série de fotografias feitas por uma fotógrafa altamente talentosa de Heidegger, que sempre pareceu um oficial reformado e seboso do estado-maior, disse Reger, e que um dia vou lhe mostrar; são fotografias nas quais Heidegger se levanta da cama, torna a se deitar, dorme, acorda, veste a ceroula, calça meias, bebe um gole de suco, sai da cabana de madeira, olha para o horizonte, entalha sua bengala, põe seu gorro, tira o gorro da cabeça, segura o gorro com as mãos, abre as pernas, levanta a cabeça, baixa a cabeça, pega com a mão direita a mão esquerda da esposa, a esposa pega com a mão esquerda a mão direita dele, ele caminha pela frente da casa, caminha pelos fundos da casa, caminha em direção à casa, caminha para longe da casa, lê, come, enche a colher de sopa, corta um pedaço de pão (que ele mesmo fez), abre um livro (que ele próprio escreveu), fecha um livro (que ele próprio escreveu), se agacha, se espreguiça, e assim por diante, contou Reger. É de vomitar. Se os wagnerianos já são insuportáveis, os heideggerianos o são ainda mais, disse Reger. Mas claro que não se pode comparar Heidegger a Wagner, que foi de fato um gênio, alguém a quem *o conceito de gênio* se aplica de fato como a nenhum outro, ao passo que Heidegger foi apenas um filósofo menor de segunda linha. Heidegger foi, isso está claro, o filósofo alemão mais mimado deste século e, ao mesmo tempo, o mais insignificante. Até ele peregrinaram sobretudo aqueles que confundem filosofia com culinária, que entendem a filosofia como um assado, um cozido ou uma fritura, o que condiz muito bem com o gosto alemão. Heidegger tinha sua corte em Todtnauberg e se deixava admirar constantemente em seu pedestal filosófico na Floresta Negra, feito uma vaca sagrada. Mesmo um editor de revista do norte da Alemanha, famoso e temido, ajoelhou-se diante dele boquiaberto e cheio de devoção, como se, ao pôr do sol, esperasse daquele Heidegger sentado no banco diante da casa a hóstia intelectual, por assim dizer. Todas essas pessoas peregrinavam até Todtnauberg, até Heidegger, e faziam papel ridículo, disse Reger. Peregrinavam, por assim dizer, à Floresta Negra da filosofia, rumo ao monte sagrado de Heidegger e ajoelhavam-se diante de seu ídolo. Que seu ídolo era uma nulidade intelectual, isso a própria estupidez dos peregrinos não lhes permitia saber. Nem sequer desconfiavam, disse Reger. Mas o episódio Heidegger é instrutivo como exemplo do culto alemão aos filósofos. Os alemães sempre se apegam apenas aos filósofos errados, disse Reger, àqueles que lhes são afins, aos estúpidos e duvidosos. O mais terrível, porém, disse ele a seguir, é que sou parente de ambos, de Stifter pelo lado de minha mãe, e de Heidegger, pelo lado paterno, o que é absolutamente grotesco, disse Reger ontem. Até de Bruckner sou parente, ainda que bem distante, como se diz, mas assim mesmo parente. Naturalmente, não sou burro de me envergonhar desse parentesco, isso seria o cúmulo da burrice, disse Reger, ainda que ele não necessariamente me entusiasme, como entusiasma a meus pais e a minha família. A maioria dos meus antepassados, seja da *corrente* da Alta Áustria, da Áustria em geral ou da Alemanha, disse ele, é de comerciantes, industriais como meu pai, camponeses, naturalmente, em tempos passados, mais da Boêmia que de outras partes, nem tanto dos Alpes, mas mais da região pré-alpina, até mesmo com uma forte componente judaica. Entre eles, houve também um arcebispo e um duplo homicida. Não, sempre disse a mim mesmo, não vou investigar mais a fundo de onde venho, porque, com o tempo, na certa desencavaria ainda mais horrores terríveis, dos quais, admito, tenho medo. As pessoas desencavam seus antepassados, ficam remexendo em sua pilha de ancestrais até revirarem tudo e aí, então, é que ficam de fato insatisfeitas, duplamente desconcertadas e desesperadas, disse ele. Nunca fui um desses chamados bisbilhoteiros de ancestrais, não tenho nenhum talento para isso, mas, com o passar do tempo, mesmo alguém como eu acaba topando pelo caminho com antepassados curiosos, disso ninguém escapa; por mais que se oponham a essa assim chamada exumação de ancestrais, as pessoas seguem escavando. De modo geral, provenho de uma *mistura assaz interessante, sou uma espécie de corte transversal que tudo atravessa.* Teria sido melhor saber menos do que sei, mas a idade traz à luz muita coisa não solicitada, disse ele. Meu parente preferido é o aprendiz de carpinteiro que, em 1848, aprendeu a ler e escrever em Cattaro e, por carta, comunicou isso com orgulho aos pais em Linz, disse Reger. Esse aprendiz de carpinteiro, meu parente por parte de mãe, estava lotado como artilheiro na fortaleza de Cattaro, a atual Kotor, e tenho ainda a carta que, como disse, ele, radiante de alegria, enviou aos pais com dezoito anos, de Cattaro para Linz, e que recebeu do correio imperial a anotação de que seu *conteúdo* seria *preocupante*. Tudo que somos veio de nossos antepassados, disse Reger, tudo que nos legaram e mais o que temos de próprio. Ser parente de Stifter foi para mim, durante toda a minha vida, de uma grandiosidade preciosa, até eu descobrir que Stifter não foi o grande escritor — ou poeta, como queira — que venerei a vida inteira. Que sou parente de Heidegger, sempre soube, porque meus pais se gabavam disso à menor oportunidade. Somos parentes de Stifter, de Heidegger e também de Bruckner, diziam eles a cada oportunidade surgida, de modo que aquilo frequentemente me embaraçava. Ser parente de Stifter é algo que as pessoas sempre veem como uma grandiosidade, pelo menos na Alta Áustria, mas também na Áustria toda, algo que, socialmente, vale no mínimo tanto quanto dizer-se aparentado ao imperador Francisco José; mas ser parente de Stifter *e* de Heidegger é a coisa mais extraordinária e digna de admiração que se pode conceber, tanto na Áustria como na Alemanha. E se, no momento apropriado, disse Reger, se menciona ainda o parentesco com Bruckner, aí simplesmente não há mais como arrancar as pessoas de seu estado de admiração. Ter um literato famoso entre os parentes é já algo especial, mas ter além disso entre os parentes um dos filósofos mais famosos constitui, naturalmente, grandiosidade ainda maior, disse Reger, que o parentesco com Anton Bruckner transforma em suprassumo. Meus pais se valeram muitas vezes desse trunfo, dele naturalmente extraindo vantagens. Bastava mencionar esses parentescos no lugar certo, e era natural, portanto, que obviamente falassem de seu parente Adalbert Stifter quando desejavam obter alguma vantagem da Alta Áustria, de seu governo estadual, por exemplo, do qual depende a todo momento o habitante da Alta Áustria, ou de Anton Bruckner, que em geral mencionavam quando tinham um problema em Viena, Reger diz; ou seja, no caso de um problema em Linz, Wels ou Eferding, isto é, na Alta Áustria, naturalmente diziam ser parentes de Stifter, mas, se o problema era em Viena, o parente era Bruckner; se, no entanto, viajavam pela Alemanha, diziam cem vezes ao dia que Heidegger era seu parente, e diziam sempre que ele era *um parente próximo*, não diziam honestamente quão próximo era de fato esse parentesco, porque na verdade Heidegger era, sim, parente deles e, portanto, meu, mas *parente bem distante*, como se diz. Com Stifter, porém, o parentesco é *bastante próximo* e, com Bruckner, *mais próximo* também, disse Reger ontem. Que eram aparentados a um duplo homicida que passou a primeira metade de sua vida adulta em Stein an der Donau e a segunda em Garsten, nos arredores de Steyr — isto é, nas duas maiores instituições penais austríacas —, isso naturalmente não diziam a ninguém, embora devessem também dizê-lo sempre. Eu próprio nunca me furtei a dizer que um parente meu cumpriu pena em Stein e em Garsten, o que há de ser o pior que um austríaco pode dizer sobre seus parentes; ao contrário, disse-o com frequência maior que a necessária, o que naturalmente pode ser explicado como fraqueza de caráter, disse Reger. Nunca omiti, ademais, que fui e sigo sendo sempre doente dos pulmões, disse ele, nunca na vida tive esse medo das minhas faltas e deficiências. Sou parente de Stifter, de Heidegger, de Bruckner e de um duplo homicida que cumpriu pena em Steyr e em Stein, foi o que disse muitas vezes, mesmo sem ser perguntado, disse Reger ontem. Temos de viver com nossos parentes, sejam eles quem forem, disse ele. Afinal, nós *somos* todos esses parentes, disse ele, *sou, em mim, todos eles juntos*. Reger ama a névoa e o sombrio, foge da luz, por isso vai ao Kunsthistorisches Museum e também por isso vai ao Ambassador, porque o Kunsthistorisches Museum é tão sombrio como o Ambassador e, enquanto pela manhã pode desfrutar no Kunsthistorisches Museum da temperatura de dezoito graus célsius, ideal para ele, desfruta igualmente da temperatura vespertina que julga ideal no Ambassador, vinte e três graus célsius, à parte tudo o mais que o agrada por um lado no Kunsthistorisches Museum, por outro no Ambassador, tudo a que ele, como diz, dá valor. No Kunsthistorisches Museum o sol penetra tão pouco como no Ambassador, o que lhe convém, porque ele não aprecia os raios solares. Evita o sol, foge dele como de nenhuma outra coisa. *Odeio o sol, você sabe, odeio o sol mais do que qualquer outra coisa no mundo*, diz ele. Prefere os dias enevoados, nos dias enevoados sai bem cedo de casa e dá até passeios, o que em geral nunca faz, porque a rigor odeia passeios. Odeio passeios, diz ele, me parecem não ter sentido nenhum. Caminho sem parar durante um passeio e penso a todo momento que odeio passear, não penso outra coisa, não compreendo que exista gente capaz de pensar durante um passeio, isto é, pensar em outra coisa que não seja a falta de sentido e de propósito de sair a passear, disse ele. Prefiro caminhar de um lado a outro em meu quarto, diz ele, porque é então que me vêm as melhores ideias. Sou capaz de me postar durante horas à janela e olhar para a rua lá embaixo, é um hábito meu, adquirido na infância. Olho para a rua lá embaixo, observo as pessoas e me pergunto o que elas são, o que as move lá na rua, o que as mantém em movimento, essa é, por assim dizer, minha ocupação principal. Sempre me ocupei exclusivamente das pessoas, a natureza em si nunca me interessou, tudo em mim sempre esteve ligado às pessoas, sou, por assim dizer, um fanático por seres humanos, disse ele, naturalmente não um fanático pela humanidade, mas um fanático por seres humanos. A mim, sempre me interessaram apenas as pessoas, disse ele, que já por natureza me repugnavam, nada me atrai mais intensamente que as pessoas e, ao mesmo tempo, nada me repugna mais fundamentalmente do que elas. Odeio as pessoas, mas elas são, ao mesmo tempo, meu único propósito na vida. Quando, à noite, volto para casa de um concerto, fico muitas vezes até uma ou duas da manhã à janela e olho para a rua lá embaixo, observo as pessoas que passam por ela. Nessa observação, vou desenvolvendo pouco a pouco meu trabalho. De pé, à janela, olho a rua lá embaixo, ao mesmo tempo que trabalho em meu artigo. Então, por volta das duas da madrugada, não vou para a cama, disse ele: sento-me à escrivaninha e escrevo o artigo. Lá pelas três, vou para a cama, mas me levanto por volta das sete e meia. Na minha idade, naturalmente já não preciso de muitas horas de sono. Às vezes, durmo apenas três ou quatro horas, e isso é mais que suficiente. *Todo mundo tem seu ganha-pão*, disse ele cinicamente. *O meu é o Times.* É bom ter um ganha-pão, mas ter *um ganha-pão secreto* é ainda melhor, e o *Times* é meu ganha-pão secreto, disse ele ontem. Eu o observava fazia um bocado de tempo, mas sem vê-lo de fato. Ele disse ontem que, naturalmente, a infância não lhe dera todas as possibilidades, mas que havia tido muitas, tanto na infância como na juventude que se seguira à infância, e que acabara não se decidindo por nenhuma dessas possibilidades como seu caminho profissional. Uma vez que não era obrigado a ganhar a vida, porque recebera herança nada desprezível dos pais, passou anos sem ser incomodado, atrás apenas de suas ideias, preferências e inclinações. Desde o princípio, não foi a natureza que o atraiu, pelo contrário, evitava a natureza sempre que podia, atraiu-o, sim, a arte, *tudo que era artificial*, disse ontem, *absolutamente tudo*. A pintura o decepcionara desde cedo, era-lhe, desde o princípio, a menos intelectual das artes. Lia muito, apaixonadamente, mas jamais pensara em escrever ele próprio, não ousava fazê--lo. A música, sempre adorara, desde o início, encontrou nela por

63

fim o que lhe faltara na pintura e na literatura. Não venho de família musical, disse, ao contrário: minha família nada tinha a ver com música e, de modo geral, era hostil à arte. Só depois que meus pais morreram pude me dedicar a essa minha grande predileção. Meus pais precisaram morrer para que eu pudesse de fato fazer o que queria, porque sempre me haviam vedado o acesso a minhas predileções, a minhas paixões. Meu pai não tinha nada de musical, disse ele, minha mãe, sim, acredito que era uma pessoa musical, altamente musical até, mas, com o tempo, o marido *exorcizara* dela aquela musicalidade. Meus pais formavam *um casal horroroso*, disse ele, odiavam-se em segredo, mas não foram capazes de se separar. As propriedades e o dinheiro os mantiveram juntos, essa é que é a verdade. Tínhamos muitos quadros belos e caros em nossas paredes, disse ele, mas, durante décadas, meus pais não olharam para eles uma única vez, tínhamos milhares de livros nas estantes, mas passaram décadas sem ler um único livro, e tínhamos um Bösendorfer de cauda que ninguém tocou durante décadas. Se a tampa do piano tivesse sido soldada, décadas teriam transcorrido até que notassem, disse ele. Meus pais tinham ouvidos, mas não ouviam nada, tinham olhos, mas não viam nada, e por certo tinham um coração, mas não sentiam coisa nenhuma. Foi no meio desse gelo que eu cresci, disse ele. Não precisei passar por nenhuma privação, mas desesperava-me profundamente todos os dias, disse ele. Toda a minha infância nada mais foi que uma época de desespero. Meus pais não me amavam, e eu tampouco os amava. Não me perdoavam que tivessem me concebido, durante toda a sua vida não me perdoaram o fato de terem me concebido. Se o inferno existe, e é claro que existe, disse ele, então minha infância foi esse inferno. É provável que a infância seja sempre um inferno, a infância é o inferno, ele disse; qualquer que seja ela, é o inferno. As pessoas dizem que tiveram uma infância bonita, mas, na verdade,

64

foi um inferno. Falsificam tudo, inclusive a infância que tiveram. Dizem: Tive uma infância bonita, mas o que viveram foi, na verdade, o inferno. Quanto mais velhas as pessoas, tanto mais facilmente elas dizem que tiveram uma infância bonita, uma infância que, no entanto, nada mais foi que um inferno. *O inferno não está por vir, ele já foi*, disse Reger, *porque o inferno é a infância*. Quanto me custou sair desse inferno!, disse ele ontem. Enquanto meus pais viveram, foi o inferno. Tudo em mim, dentro e fora de mim, eles impediram, disse. Protegeram-me quase até a morte com um mecanismo contínuo de repressão, disse. Tiveram de morrer para que eu pudesse viver; uma vez mortos, renasci. No fim, foi de fato a música que me fez vivo, ele disse ontem. Naturalmente, porém, não pude nem quis ser um artista criador ou praticante, disse ele, ou, em todo caso, não um músico criador ou praticante, mas apenas um *crítico*. *Sou um artista da crítica*, disse ele, minha vida toda fui um artista da crítica. Já na infância era um artista da crítica, disse ele, as circunstâncias em que passei minha infância fizeram de mim naturalmente um artista da crítica. Vejo-me, sim, como um artista, com toda a certeza, isto é, um artista da crítica, e como artista da crítica sou naturalmente um criador, isso está claro, ou seja, *um artista da crítica criador e praticante*, disse ele. E, além disso, um artista da crítica criador e praticante do *Times*, disse ele. Entendo meus breves escritos para o *Times* como obras de arte e penso que, como autor desses textos, sou sempre e a um só tempo pintor, músico e escritor reunidos numa pessoa só. Este é meu maior prazer: saber que, como autor dessas obras de arte para o *Times*, sou ao mesmo tempo pintor, músico e escritor. Esse é meu *maior* prazer. Ao contrário dos pintores, não sou, portanto, apenas pintor, nem tão somente músico, como os músicos, ou unicamente escritor, como os escritores, é bom que você saiba: *sou pintor, músico e escritor numa pessoa só*. Acho isso uma felicidade suprema, disse ele, ser *um artista de todas as artes*, mas numa pessoa só. Talvez o artista da crítica, disse, seja aquele que, em todas as artes, faz a sua própria e tem consciência disso, plena consciência. Consciente disso, sou feliz. Nesse sentido, sou feliz há mais de trinta anos, disse ele, ainda que por natureza seja um homem infeliz. O homem que pensa é por natureza um homem infeliz, disse ele ontem. Mas mesmo esse homem infeliz pode ser feliz, disse ele, no verdadeiro sentido da palavra e do conceito, *como passatempo*. A infância é o buraco escuro para o qual os pais nos empurram e do qual temos de sair sem ajuda nenhuma. A maioria das pessoas não consegue sair desse buraco que é a infância, passa a vida toda nele, não sai do buraco e se amargura. É por isso que as pessoas que não conseguem sair do buraco da sua infância são, em sua maioria, amarguradas. É necessário um esforço sobre-humano para sair desse buraco da infância. E, se não saímos a tempo desse buraco da infância, desse buraco absolutamente escuro, jamais sairemos dele, Reger disse. Meus pais precisaram morrer para que eu saísse desse buraco da infância, disse ele, foi necessário que estivessem *definitivamente mortos*, que estivessem de fato *mortos para sempre*, você sabe, para que eu saísse do buraco da infância. Eles teriam preferido me esconder em seu cofre assim que nasci, juntamente com as joias e os títulos de valor, disse ele. Eram pessoas amarguradas, disse ele, que sofreram a vida toda com sua amargura. Em todas as fotografias que possuo de meus pais, e sempre que os vejo, vejo sua amargura. Quase todas as crianças são filhas de pais amargurados, e é por isso que todos os pais têm um aspecto tão amargurado. Amargura e decepção marcam todos esses rostos, você não encontra semblante diferente, pode caminhar horas por Viena, por exemplo, e só verá amargura e decepção em todos os rostos, e não é diferente no campo, onde os semblantes também estão repletos de amargura e decepção. Meus pais me conceberam e, ao ver *o que* tinham concebido, se apavoraram, teriam preferido voltar atrás. E como não puderam me enfiar no cofre, meteram-me no buraco escuro da infância, do qual não consegui sair enquanto viveram. Os pais sempre são irresponsáveis ao fazer seus filhos e, quando veem o que fizeram, se apavoram, e é por isso que, onde quer que crianças nasçam, tudo o que vemos são pais apavorados. Fazer um filho e dar-lhe vida, como se diz com tanta hipocrisia, nada mais é que pôr no mundo uma grave infelicidade, e todos se apavoram então continuamente com essa grave infelicidade. A natureza sempre fez dos pais uns tolos, disse ele, e, desses tolos, crianças infelizes em buracos sombrios da infância. Sem nenhuma cerimônia, as pessoas dizem que tiveram uma infância feliz, quando, na verdade, ela foi infeliz, e dessa infância só lograram escapar mediante esforço extremo, sendo somente por *essa* razão que dizem ter tido uma infância feliz, isto é, porque escaparam do inferno da infância. Escapar da infância não significa senão escapar do inferno, e as pessoas afirmam então ter tido uma infância feliz, afirmação com que poupam aqueles que as geraram, os pais, que não devem ser poupados, disse Reger. Afirmar ter tido uma infância feliz e poupar os pais ao fazê-lo nada mais é que patifaria sociopolítica, disse ele. Poupamos nossos pais, em vez de acusá-los a vida toda do crime de ter gerado seres humanos, disse ele ontem. Durante trinta e cinco anos fui trancafiado por meus pais no buraco da infância, disse ele. Durante trinta e cinco anos oprimiram-me por todos os meios possíveis, atormentaram-me com seus métodos horrorosos. Não preciso ter a menor consideração com meus pais, eles não merecem a menor consideração, disse ele. Cometeram dois crimes contra mim, dois crimes gravíssimos, ele disse: geraram-me e me oprimiram, isto é, geraram-me sem me consultar e, depois de me gerar e jogar no mundo, me oprimiram, cometeram contra mim o crime da concepção e cometeram o crime da opressão. E me enfiaram no buraco som-

67

brio da infância com a mais absoluta falta de consideração paterna. Como você sabe, tive uma irmã, uma irmã que morreu cedo, disse ele, que escapou dos pais com sua morte precoce e a quem meus pais trataram com a mesma falta de consideração com que me trataram; oprimiram e traumatizaram a mim e a minha irmã, desiludindo-nos, ela não aguentou por muito tempo e, de súbito, num dia de abril, partiu de maneira completamente inesperada, como só acontece com os adolescentes, tinha dezenove anos e morreu, é bom que você saiba, do chamado ataque cardíaco fulminante, enquanto, no andar de cima, minha mãe preparava tudo para a festa de aniversário de meu pai, corria de um lado para outro lá em cima, a fim de que a festa transcorresse sem falhas, corria com pratos, copos, toalhas e confeitos para lá e para cá, deixando a mim e a minha irmã quase loucos com seus preparativos para a festa de aniversário, possuída por eles logo de manhã bem cedo, tão logo meu pai saiu de casa ela começara com sua histeria absurda, dera início ao frenesi da festa de aniversário que nós conhecíamos tão bem, mandava-nos, a mim e a minha irmã, subir e descer as escadas, ao porão e pelos diversos corredores, indo e voltando, com sua preocupação incessante de não cometer nenhum erro, despachando-nos, pois, a mim e a minha irmã, pela casa toda em seus preparativos para a festa de aniversário, e o tempo todo eu pensava comigo, lembro-me muito bem, que era já o quinquagésimo oitavo ou o quinquagésimo nono aniversário de nosso pai; o tempo todo eu corria pela casa e por todos os seus cômodos e me perguntava se era o quinquagésimo oitavo, o quinquagésimo nono ou mesmo o sexagésimo, mas não, era mesmo o quinquagésimo nono aniversário de nosso pai, disse Reger. Minha missão era abrir todas as janelas e deixar entrar o ar fresco, e já naquela época, já na minha infância e na juventude, eu odiava as correntes de vento, mas tinha de, por ordem da nossa mãe, abrir todas as janelas a todo momento e deixar entrar o ar, disse ele, ou seja, tinha sempre de fazer uma coisa que odiava, e não havia nada que eu odiasse mais do que deixar entrar o ar fresco, do que a corrente de vento que afluía de todos os lados para dentro de casa, disse ele, mas naturalmente nada podia fazer contra as ordens de meus pais, tinha sempre de executá-las rigorosamente, jamais teria ousado não cumprir uma ordem sua, fosse ela ordem materna ou paterna eu a cumpria automática e rigorosamente, disse Reger, porque queria escapar do castigo, e o castigo de meus pais era sempre terrível, cruel, eu sentia medo desse suplício e por isso, é natural, sempre cumpria rigorosamente as ordens de meus pais, quaisquer que fossem, disse ele, por mais absurdas que me parecessem e, portanto, claro que, nesse aniversário de meu pai, abri todas as janelas para deixar entrar a corrente de ar. Minha mãe celebrava todos os nossos aniversários, não deixava de comemorar nem um único, e eu odiava aqueles aniversários todos, como você pode imaginar, assim como odeio toda celebração, odeio toda e qualquer festividade, toda e qualquer celebração, até hoje é assim, nada me repugna mais que celebrar e ser celebrado, odeio festividades, disse ele, desde a infância odiava toda celebração e toda festividade, e acima de tudo odiava celebrações de aniversário, fosse de quem fosse, mas, mais ainda, quando se tratava do aniversário dos meus pais; como podia uma pessoa celebrar um aniversário, ou seu próprio aniversário, era o que sempre me perguntava, se já o fato de estar neste mundo nada mais é que uma infelicidade, sim, foi o que sempre pensei, se as pessoas instituíssem um momento de reflexão em seu aniversário, um momento para lembrar, digamos, *as barbaridades que seus pais cometeram contra elas*, aí eu compreenderia, mas uma celebração não entendo!, disse ele. E os aniversários de nosso pai eram comemorados com toda a sua pompa repugnante, tendo ainda por convidados as pessoas que eu mais detestava, comia-se e bebia-se muito e o mais repulsivo eram naturalmente os discursos em homenagem ao aniversariante e os presentes com que o presenteavam. Afinal, não há nada de mais mentiroso que essas festas de aniversário às quais as pessoas vão, nada de mais repulsivo que essa enganação, essa hipocrisia de aniversário, disse ele. Foi de fato no quinquagésimo nono aniversário de nosso pai que minha irmã morreu, disse Reger. Eu estava num canto do piso de cima e, enquanto tentava me proteger da corrente gélida de vento, observava minha mãe, que corria com sua velocidade histérica de aniversário por todos os cômodos da casa, transportando ora um vaso de uma sala a outra ora um açucareiro de uma mesa a outra, uma toalha de mesa aqui, um livro ali, outro livro acolá, um ramalhete de flores aqui, outro lá, quando de repente, vindo do piso de baixo, do piso térreo, ouvi lá de cima um baque surdo, disse Reger. Minha mãe parou, porque também ela ouvira o baque surdo vindo lá de baixo. Depois de ouvir, absolutamente de repente, o baque surdo, ela ficou paralisada onde estava, e seu semblante empalideceu, disse Reger. Algo terrível havia acontecido, foi o que ficou claro naquele instante tanto para mim como para minha mãe. Desci correndo do piso de cima para o corredor de entrada da casa e encontrei minha irmã caída ali, morta. Sim, sim, disse Reger, um ataque cardíaco fulminante é uma morte digna de inveja. Tivéssemos nós uma hora dessas um ataque cardíaco fulminante, seria a sorte grande, disse ele. Desejamos uma morte rápida e indolor e, no entanto, sob certas circunstâncias, mergulhamos numa longa agonia, uma agonia de anos, disse Reger ontem, emendando a seguir que tinha sido um consolo sua mulher não ter sofrido muito tempo, não ter sofrido anos, como às vezes, sob certas circunstâncias, acontece, e sim tão somente algumas semanas, disse. Mas naturalmente não há consolo possível, em se tratando da perda de uma pessoa que nos foi a mais próxima a vida toda. É também um método, disse ele ontem, enquanto agora, um dia depois portanto, eu o observava de perfil, assim como, atrás dele, Irrsigler, que por um instante viera dar uma espiada na Sala Sebastiano e não notara minha presença, eu seguia ainda e sempre observando Reger, que contemplava o *Homem de barba branca* de Tintoretto, é também um método, dizia ele, transformar tudo em caricatura. Uma imagem grande e significativa, um quadro, disse ele, nós só o suportamos depois de havê-lo transformado em caricatura, uma grande figura humana, uma assim chamada personalidade importante, não suportamos nem a primeira, como uma grande figura, nem a segunda, como personalidade importante, disse ele, precisamos transformar uma e outra em caricaturas. Quando contemplamos um quadro por um tempo maior, por mais sério que seja, precisamos fazer dele uma caricatura a fim de poder suportá-lo, disse ele, e isso vale também para nossos pais, nossos superiores, se os temos, é preciso transformar o mundo todo numa caricatura, disse ele. Olhe por algum tempo para um autorretrato de Rembrandt, qualquer um deles, e, com o tempo, ele por certo se transformará numa caricatura para você, que então lhe dará as costas. Olhe por algum tempo para o rosto de seu pai, e ele vai se transformar numa caricatura para a qual você dará as costas. Leia Kant *com intensidade, uma intensidade cada vez maior*, e você vai de súbito chorar de tanto rir, disse ele. Todo original é, já em si, uma falsificação, disse ele, você entende o que quero dizer. Naturalmente, existem fenômenos no mundo, na natureza, como quiser, que não *conseguimos* transformar em risíveis, mas, na arte, *tudo* pode ser transformado em *risível*, todo ser humano pode ser transformado em risível, numa caricatura, se quisermos, se necessário, disse ele. Isso quando temos condição de tornar as coisas risíveis, porque nem sempre temos essa condição, e aí apanha-nos o desespero e, depois, o diabo, disse ele. Qualquer que seja a obra de arte, ela pode ser tornada risível, disse ele,

71

parece-lhe grandiosa, mas, de um momento para outro, você a torna risível, assim como uma pessoa a quem você, por não poder agir de outra forma, se vê obrigado a tornar risível. Só que, em sua maioria, as pessoas já *são* risíveis, assim como o *são* também as obras de arte, disse Reger, o que nos poupa de ridicularizá-las e caricaturá-las. Boa parte dos seres humanos, porém, é incapaz dessa caricaturização, contempla tudo até o fim com terrível seriedade, disse ele, de tal forma que a caricatura nem sequer lhes ocorre, disse ele. É gente que vai a uma audiência papal, disse ele, e leva a sério o papa e a audiência, e, aliás, durante toda a vida; é ridículo, a história dos papas é uma sucessão de meras caricaturas, disse ele. Naturalmente, São Pedro é grande, mas, convenhamos, é ridícula. Entre em São Pedro e livre-se por completo das centenas, dos milhares, dos milhões de mentiras da história católica, não vai nem precisar esperar muito, e toda São Pedro vai então lhe parecer risível. Vá a uma audiência privada e aguarde o papa, que, antes ainda de chegar, lhe parecerá risível, o que, aliás, ele é de fato em seu traje branco e kitsch de seda pura. Pode olhar em torno quanto quiser, todo o Vaticano é risível, basta que você tenha se livrado das mentiras da história católica, do sentimentalismo da história católica e da solicitude prepotente da história católica universal, disse Reger. Você sabe, o papa católico sentado debaixo daquela sua redoma de vidro à prova de balas, como um boneco maquiado e astuto a viajar o mundo rodeado de seus bonecos superiores e inferiores, todos igualmente maquiados e astutos — é de um ridículo repugnante. Fale com um de nossos últimos reis lamuriantes, que ridículo, com um de nossos líderes comunistas tacanhos, ridículo. Vá à recepção de Ano-Novo de nosso loquaz presidente da República, que repete sem cessar a tudo e a todos seu palavrório senil de pai da pátria, e você passará mal de tão ridículo que é. A Cripta Imperial, o Palácio Imperial de Hofburg, que coisas mais ridículas e desagradáveis, disse ele. Vá à Malteserkirche e observe os Cavaleiros de Malta que por lá circulam com seus trajes negros da Ordem de Malta, as cabeças brancas de vento reluzindo sob as luzes da igreja, pseudoaristocráticas, e você não vai sentir nada, a não ser o ridículo disso tudo. Vá a uma conferência do cardeal católico, assista a uma aula inaugural na universidade, que ridículo. Para onde quer que olhemos hoje neste país, veremos um escoadouro do que há de mais ridículo, disse Reger. Todo dia de manhã ruborizamos de tanto ridículo, meu caro Atzbacher, essa é que é a verdade. Vá a uma premiação, Atzbacher, que coisa ridícula, figuras ridículas; quanto mais pomposas, mais ridículas, disse ele, tudo, simplesmente tudo, não passa de uma caricatura, disse ele. Você conhece um bom homem a quem chama de amigo e, de repente, ele se torna professor emérito, passa a se fazer chamar desse modo e manda imprimir *professor emérito* em seu papel de carta, ao passo que, no açougue, sua mulher de súbito começa a se apresentar como *senhora do professor emérito*, para que não tenha de esperar tanto na fila como as outras, que não são esposas de um professor emérito. Que ridículo, disse ele. Escadarias douradas, poltronas douradas, bancos dourados no Hofburg, disse ele, e tudo isso para acomodar um bando de idiotas pseudodemocratas, que ridículo. Você caminha pela Kärntnerstraße e tudo lhe parece risível, as pessoas todas são apenas ridículas, nada mais que isso. Atravessa Viena de um lado a outro, e toda Viena lhe parece de repente ridícula, todas as pessoas vindo em sua direção são ridículas, tudo que se aproxima é ridículo, você vive num mundo absolutamente ridículo e, na verdade, corrupto, disse ele. De súbito, precisa transformar o mundo todo numa caricatura. E tem a força para transformar o mundo numa caricatura, disse ele, a força suprema do intelecto necessária para tanto, disse ele, essa força única da sobrevivência, disse ele. No fim, só conseguimos controlar aquilo que achamos ridículo, e é somente quando achamos ridículos o mundo e as pessoas nele que avançamos, não há outro método nem método melhor, disse ele. A admiração é um estado que não suportamos por muito tempo, perecemos se não o interrompemos a tempo, disse Reger. Durante toda a minha vida estive muito longe de ser um admirador, a admiração me é estranha; como o admirável não existe, a admiração sempre me foi estranha, e nada me repugna tanto quanto observar os que admiram, os que padecem de alguma forma de admiração. As pessoas vão a uma igreja e admiram, vão a um museu e admiram, vão a um concerto e admiram, é repulsivo. A inteligência verdadeira desconhece a admiração; ela toma conhecimento, respeita, preza, e pronto, disse ele. As pessoas entram em todas as igrejas e em todos os museus com uma mochila carregada de admiração, razão pela qual exibem aquele repugnante caminhar curvado que todos exibem nas igrejas e nos museus, disse ele. Nunca vi pessoa alguma entrar normalmente numa igreja ou num museu, e o mais repugnante é observar os viajantes em Cnossos ou Agrigento, quando chegam ao destino de sua viagem de admiração, porque sua jornada nunca é senão uma viagem de admiração, disse ele. A admiração cega, disse Reger ontem, estupidifica o admirador. Uma vez mergulhada na admiração, a maioria das pessoas não escapa mais dela, tornando-se, assim, estúpida. Já por causa apenas dessa admiração, a maioria permanece estúpida a vida inteira. Não há o que admirar, disse Reger ontem, nada, absolutamente nada. Como respeito e consideração são demasiado difíceis para as pessoas, elas admiram, porque admirar lhes sai mais barato, disse Reger. Admirar é mais fácil que respeitar ou considerar, admiração é a qualidade característica do idiota, disse Reger. Só o idiota admira, o inteligente, não: ele respeita, considera, compreende, assim é. Mas para o respeito, a consideração e a compreensão é necessário inteligência, e inteligência as pessoas não têm, viajam ignorantes, num estado de efetiva e completa estupidez, para as pirâmides, para as colunas gregas sicilianas, para os templos persas, e inundam a si próprias e a sua estupidez de admiração, disse ele. A admiração é um estado típico de fraqueza mental, disse Reger ontem, e é nesse estado de fraqueza mental que vivem quase todas as pessoas. É também nesse estado de fraqueza mental que elas, todas elas, adentram o Kunsthistorisches Museum, disse ele. Arrastam consigo sua pesada admiração, não têm coragem de deixá-la lá embaixo, no guarda-volumes, como fazem com o casaco. Arrastam-se com dificuldade, carregadas de admiração, por todas as salas, disse Reger, o que é de revirar o estômago. A admiração, porém, não é característica apenas dos chamados incultos, pelo contrário: ela caracteriza também e sobretudo, numa proporção absolutamente terrível e verdadeiramente assustadora, as chamadas pessoas cultas, o que é ainda mais repugnante. O inculto admira simplesmente porque é burro demais para não admirar, mas o culto é demasiado perverso para tanto, disse Reger. A admiração dos chamados incultos é inteiramente natural, ao passo que a admiração dos chamados cultos é, com efeito, uma perversidade perversa, disse Reger. Veja você, Beethoven, por exemplo, em constante depressão, o artista estatal, o compositor estatal total, as pessoas o admiram, mas, a rigor, Beethoven é um fenômeno absolutamente repugnante, tudo nele é mais ou menos cômico, um desamparo cômico é o que ouvimos continuamente quando ouvimos Beethoven, o tonitruante, o titânico, a estupidez da marcha mesmo em sua música de câmara. Quando ouvimos a música de Beethoven, ouvimos mais estrépito que música, a marcha estatal obtusa das notas, disse Reger. Ouço Beethoven por algum tempo, a *Eroica*, por exemplo, ouço com atenção e entro de fato num estado matemático-filosófico, estado em que permaneço longamente, disse Reger, até que, de súbito, *vejo* o criador da *Eroica* e tudo se desfaz, porque *em Beethoven tudo marcha de fato*; ouço a *Eroica*, que na verdade é uma música filosófica, absolutamente matemático--filosófica, disse Reger, e de repente tudo se desfaz e se arruína, porque, enquanto a filarmônica a interpreta com tanta naturalidade, de um momento para outro ouço o fracasso de Beethoven, *ouço seu fracasso, vejo aquela sua cabeça de marcha, entende?*, perguntou Reger. Aí, Beethoven se torna insuportável para mim, assim como me é insuportável também quando ouço um de nossos cantores, gordo ou magro, arruinar a *Winterreise*, você sabe, porque quem canta "Die Krähe" vestindo fraque e apoiando-se no piano me é sempre insuportável e ridículo, já de antemão uma caricatura, não há nada mais risível, disse Reger, do que um cantor de fraque que, de pé junto do piano, interpreta *Lieder* ou árias. Como é grandiosa a música de Schubert quando não vemos quem a executa, quando não vemos esses intérpretes profundamente mentecaptos com sua vaidade e seus cabelos encaracolados, mas nós os vemos, naturalmente, na sala de concerto, o que torna tudo tão somente embaraçoso e ridículo, uma catástrofe tanto visual como auditiva. Eu não sei, disse Reger, se mais ridículos e embaraçosos são os pianistas ou são os cantores junto do piano; é uma questão do estado de espírito em que nos encontramos no momento. Naturalmente, o que vemos quando estão musicando é ridículo, uma caricatura e, portanto, embaraçoso, disse ele. O cantor é ridículo e embaraçoso, cante ele como for, seja ele tenor ou baixo; todas as cantoras são sempre nada mais que ridículas e embaraçosas, tanto faz como se vestem ou cantam, disse ele. Todo aquele que tange ou dedilha as cordas em cima do palco é uma figura demasiado ridícula, disse. Mesmo o *gordo e malcheiroso* Bach ao órgão da igreja de São Tomás foi tão somente uma figura ridícula e profundamente embaraçosa, não há o que discutir a esse respeito. Não, não, os artistas, por mais importantes e, por assim dizer, por mais grandiosos que tenham

76

sido, nada mais são do que kitsch, embaraçosos e ridículos. Toscanini, Furtwängler — um, pequeno demais, o outro, demasiado grande —, ridículos e kitsch. E se você for ao teatro, vai passar mal de tanta coisa ridícula, embaraçosa e kitsch que vai ver. O que dizem e como dizem, as duas coisas vão lhe fazer mal. Se for um texto clássico, você vai passar mal; se for uma peça popular, vai passar mal também. E o que são todas essas peças clássicas, modernas, elevadas, por assim dizer, ou populares, senão espetáculos ridículos, de um kitsch embaraçoso?, perguntou. O mundo todo é hoje ridículo, profundamente embaraçoso e kitsch, essa é que é a verdade. Irrsigler aproximou-se de Reger e sussurrou-lhe algo no ouvido, ao que Reger se levantou, olhou em torno e saiu com Irrsigler da Sala Bordone. Olhei para o relógio, eram onze e vinte. Um dos motivos pelos quais tinha vindo ao museu já às dez e meia era de fato a intenção de ser pontual, uma vez que Reger nada mais exigia que pontualidade, assim como eu também sempre exijo nada mais que pontualidade, para mim a pontualidade é efetivamente o que há de mais importante no contato com as pessoas. Suporto apenas os pontuais, não aguento pessoas impontuais. A pontualidade é uma característica essencial de Reger, assim como uma das minhas também; se tenho um compromisso, eu o cumpro *de fato pontualmente*, assim como Reger cumpre pontualmente todos os seus, e sobre a pontualidade ele já me fez muitas palestras, da mesma forma que sobre a confiabilidade; pontualidade e confiabilidade são, Reger diz com muita frequência, o que há de mais importante numa pessoa. Posso dizer que sou um homem absolutamente pontual, sempre detestei a impontualidade, nunca pude me dar a esse luxo. Reger é a pessoa mais pontual que conheço. Até hoje, *jamais se atrasou na vida, ou pelo menos nunca por sua própria culpa*, como ele diz, assim como eu, em toda a minha vida, ou ao menos em minha vida adulta, nunca me atrasei por minha própria culpa; os impontuais são, para mim, as pessoas mais repulsivas, não tenho nada em comum com eles, com os quais nem sequer mantenho relações, não tenho nem quero ter nada a ver com os impontuais. A impontualidade é uma negligência grosseira, que desprezo e abomino e que não traz nada ao ser humano, a não ser degradação e infelicidade. *A impontualidade é uma doença que leva à morte do impontual*, Reger disse certa vez. Ele se levantou e saiu da Sala Bordone justamente enquanto um grupo de homens mais velhos — russos, como pude constatar de imediato, guiados por uma intérprete ucraniana, como também pude constatar rapidamente — entrava na sala, tendo passado por mim, e aliás de uma maneira que me espremeu a um canto para lhes dar passagem. As pessoas se espremem sala adentro, abrem caminho e nem se desculpam, pensei, já me vendo espremido contra a parede. Reger deixara a Sala Bordone depois de Irrsigler lhe haver sussurrado alguma coisa no ouvido e, ao mesmo tempo, o grupo de russos adentrara a Sala Bordone e se posicionara ali, entrara e se posicionara de tal forma na Sala Bordone que eu próprio, na Sala Sebastiano, não conseguia mais ver a Sala Bordone, o grupo de russos obstruía por completo minha visão da Sala Bordone. Via apenas o grupo de russos, de costas para mim, e ouvia o que dizia a intérprete ucraniana, que, como todos os demais guias no Kunsthistorisches Museum, só falava besteira, nada mais que o falatório costumeiro e contumaz sobre arte, do qual ela agora entulhava a cabeça de suas vítimas russas. *Ali, os senhores veem*, dizia ela, *os senhores veem a boca*, dizia ela, *as orelhas bastante despegadas, e ali os senhores veem o rosado terno do rosto do anjo e, no fundo, o horizonte*, como se, sem essas observações idiotas, nem todos pudessem ver aquelas coisas todas nos quadros de Tintoretto. Os guias de museu de fato sempre tratam aqueles a seus cuidados como idiotas, sempre como os maiores idiotas, ao passo que eles nunca são tão idiotas assim, mas os guias explicam sempre e sobretudo aquilo que, naturalmente, se pode ver com toda a clareza e que, portanto, não precisa ser explicado, explicam sem cessar, mostram e mostram de novo, e não param de falar. Os guias de museu nada mais são que vaidosas máquinas tagarelas que eles próprios mantêm em funcionamento enquanto conduzem um grupo pelo museu, uma máquina tagarela que diz sempre a mesma coisa, ano após ano. Os guias de museu nada mais são que vaidosos tagarelas a falar sobre arte sem ter a menor ideia do que seja arte, pessoas que só fazem explorar inescrupulosamente a arte com sua tagarelice repugnante. Os guias de museu matraqueiam o ano todo seu falatório sobre arte e embolsam assim um monte de dinheiro. Empurrado para o canto pelo grupo de russos, eu só via agora suas costas, isto é, nada mais que pesados sobretudos russos de inverno, todos a exalar um odor penetrante de naftalina, uma vez que, estava claro, o grupo tivera de caminhar do ônibus diretamente para a pinacoteca debaixo de um chuvisqueiro. Como sofro há décadas de falta de ar e, de todo modo, creio várias vezes ao dia *estar sufocando*, mesmo ao ar livre, aqueles momentos, talvez minutos na verdade, atrás do grupo de russos me foram repugnantes; espremido a um canto da sala, eu aspirava continuamente um ar que fedia a naftalina, pesado demais para meus fracos pulmões. Para mim é já, em si e por si, bastante difícil respirar no Kunsthistorisches Museum, que dirá sob condições tais como as reinantes após a chegada do grupo de russos. A guia ucraniana se dirigia ao grupo no chamado russo moscovita clássico, que eu entendia em grande parte, embora ela tivesse uma pronúncia terrível, verdadeiramente lancinante, quando dizia alguma coisa em alemão, o *modo como* pronunciava a palavra "Engelskopf", por exemplo, era pavoroso. De início, não soube dizer se a intérprete viajara com o grupo desde a Rússia ou se era uma daquelas emigrantes russas que tinham vindo para Viena depois da guerra e que ainda hoje vêm, uma daquelas judias russas altamente inteligentes que, embora do fundo do palco, sempre deram o tom em Viena, o que sempre representou um benefício para a intelectualidade vienense. Essas emigrantes judias vindas da Rússia constituem, afinal, a verdadeira base intelectual da vida social vienense, o que sempre foram: sem elas, a vida social vienense seria desinteressante. É certo que essas pessoas, quando se tornam megalomaníacas, por assim dizer, e buscam dominar tudo e todos, logo nos dão nos nervos, mas aquela intérprete não constituía exatamente um modelo do tipo de emigrante russa a que me refiro, se é que, como disse, era de fato emigrante russa, porque parecia, antes, ter vindo a Viena juntamente com o grupo de russos; a maneira como falava *seu russo* diante do grupo contraria a hipótese de que seria uma emigrante russa, favorecendo, em vez disso, a de que tinha vindo a Viena juntamente com o grupo de russos, e possivelmente tinha vindo da Rússia para Viena naquele mesmo dia, ou pelo menos foi o que me ocorreu tão logo vi suas roupas e em especial as botas, com efeito ela não vestia nada de ocidental, era provável que fosse uma comunista formada em história da arte, ou foi o que pensei quando tive oportunidade de contemplá-la de cima a baixo, por assim dizer. As emigrantes russas em Viena, aquelas de que falei anteriormente, costumam se vestir à maneira ocidental, ainda que não *tão* ocidental como as ocidentais de fato, mas, ainda assim, à maneira ocidental. Não, a intérprete não é uma emigrante russa, pensei, ela cruzou a fronteira no meio da noite, juntamente com o grupo de russos, nem sequer dormiu, assim como tampouco o grupo a seus cuidados dormiu, vieram diretamente da Rússia, por assim dizer, e do ônibus sujo para o museu, pensei, ou assim parece, é a impressão que me dá a intérprete, assim como todo o grupo. Como o grupo de russos obstruía-me a visão, eu agora não podia ver nem sequer o banco na Sala Bordone, isto é, não podia ver se Reger continuava ausente ou se já havia retornado à sala. A Sala Sebastiano, na qual eu me espremia contra a parede, é a sala mais mal arejada do Kunsthistorisches Museum, e justamente na Sala Sebastiano os russos haviam me apertado contra a parede, pensei, justamente essa gente que, ainda por cima, fedia a alho, sujeira e umidade, pensei. Sempre detestei gente amontoada, a vida toda evitei aglomerações, nunca fui a nenhum tipo de assembleia por causa desse meu ódio da massa, assim como Reger, aliás, não há nada que eu odeie mais profundamente que a massa, a multidão, afinal vivo pensando, já sem procurá-la, que a massa ou a multidão vai me esmagar. Já em criança eu a evitava, à massa, odiava as multidões, o aglomerado de gente, a concentração de vulgaridade, desatino e mentira. Na mesma medida em que *deveríamos* amar cada indivíduo, penso eu, odiamos a massa. Aquele grupo de russos, porém, naturalmente não foi o primeiro que encontrei no Kunsthistorisches Museum e que, por assim dizer, me atropelou no museu e me apertou contra a parede, nos últimos tempos os russos se amontoam no Kunsthistorisches Museum, parece mesmo que mais grupos de russos que de italianos vêm agora ao Kunsthistorisches Museum. Russos e italianos sempre aparecem em grupo no Kunsthistorisches Museum, ao passo que os ingleses nunca vêm em grupo, só aparecem sozinhos, assim como os franceses também aparecem apenas sozinhos. Há dias em que os guias russos, homens ou mulheres, disputam com os italianos para ver quem grita mais, e o Kunsthistorisches Museum se transforma num berreiro. Isso, naturalmente, acontece sobretudo aos sábados, justamente o dia em que Reger e eu não vamos *nunca* ao Kunsthistorisches Museum, e que hoje, sábado, tenhamos vindo os dois ao Kunsthistorisches Museum constitui, afinal, exceção à regra, e, como se vê, sempre fizemos bem em não vir aos sábados ao Kunsthistorisches Museum, embora aos sábados, assim como aos domingos, a entrada seja franca. Prefiro pagar os vinte xelins pelo ingresso, Reger disse certa vez, para não ter de suportar esses grupos horrendos de visitantes. Ter de suportar em grupos os visitantes de museu é um castigo divino, não conheço nada mais terrível, Reger disse certa vez. Por certo constituía um castigo divino, ainda que autoimposto, que ele houvesse combinado de se encontrar comigo no Kunsthistorisches Museum precisamente num sábado, pensei, e me perguntava o motivo, sem contudo encontrar resposta. Naturalmente, também teria gostado de saber o que Irrsigler, agora já pela segunda vez, sussurrava no ouvido de Reger: da primeira vez, algo que aparentemente não o afetara nem um pouco, mas, da segunda, alguma coisa que fizera Reger se levantar do banco da Sala Bordone e sair. Sempre que pode, Irrsigler diz que ocupa um *cargo de confiança*, é comovente ouvi-lo dizer isso, e ele o diz com tanta frequência que, com o tempo, torna-se cada vez mais comovente. Irrsigler faz um gesto de aprovação com a cabeça quando Reger chega e ele o descobre, o que não faz quando eu chego e ele *me* vê. Por três vezes Irrsigler já recebeu de Reger um empréstimo de vários anos para mobiliar sua casa, e nem precisou pagá-lo de volta. Reger presenteou-o diversas vezes com roupas que não usava mais, peças caras, efetivamente de primeira classe, feitas do mais nobre tweed, já que, como Reger me disse uma ocasião, *tudo que eu visto vem das Hébridas*. Mas Irrsigler pouca oportunidade teve de vestir as roupas preciosas de Reger, porque trabalha a semana inteira de uniforme no Kunsthistorisches Museum, só não trabalha às segundas, quando, porém, caminha pela casa tão somente de macacão, já que, na segunda, tem sempre muitos consertos domésticos a fazer. Faz tudo sozinho. Pinta a casa sozinho, faz sozinho a carpintaria e inclusive prega, fura e solda sozinho. Oitenta por cento dos austríacos passam seu tempo livre de macacão, afirma Reger, e a maioria deles até mesmo aos domingos e feriados, a maior parte dos austríacos veste roupa de trabalho aos domingos e feriados, e pinta e prega e solda. O tempo livre dos austríacos é seu horário de trabalho propriamente dito, afirma Reger. A maioria dos austríacos não sabe o que fazer com seu tempo livre e se arrebenta estupidamente de trabalhar. A semana inteira passam sentados em suas repartições ou de pé nos postos de trabalho, diz Reger, e, aos domingos e feriados, são vistos, sem exceção, enfiando o macacão e trabalhando em casa: pintam suas próprias quatro paredes ou pregam pregos pelo telhado ou lavam o carro. Irrsigler é um desses austríacos típicos, diz Reger, e aqueles provenientes de Burgenland são os mais típicos. O natural de Burgenland veste apenas uma vez por semana, e só por duas ou, no máximo, duas horas e meia, sua roupa de domingo, e o faz para ir à missa; o restante do tempo, anda de macacão, sua roupa de trabalho, a vida toda, diz Reger. Trabalha a semana inteira de macacão, dorme pouquíssimo mas bem e, aos domingos e feriados, vai em traje domingueiro à igreja, a fim de cantar uma canção de louvor ao Senhor Deus e, logo em seguida, despir a roupa de domingo e tornar a vestir o macacão. O natural de Burgenland permanece, mesmo na sociedade industrial de hoje, um rematado camponês; ainda que há décadas trabalhe na fábrica, segue sendo o camponês que seus antepassados também foram, será sempre um camponês, disse Reger. Irrsigler está em Viena há tanto tempo e, no entanto, Reger diz, permaneceu um camponês. De resto, o uniforme, qualquer que seja ele, sempre veio a calhar para o camponês, disse Reger. O camponês ou é camponês ou veste uniforme, disse Reger. Os que têm vários filhos se tornam e permanecem camponeses, os demais vestem ou o uniforme do Estado ou o da Igreja Católica, sempre foi assim, Reger diz. O cidadão de Burgenland ou é camponês ou veste uniforme; se não pode ser camponês nem vestir uniforme, perece inapelavelmente, Reger diz. Há séculos, o campesinato, uma vez fora do campo, procura refúgio no uniforme, disse Reger. Irrsigler teria, em sua própria opinião, tido sorte, já que a contratação de guardas, funcionários estatais do Kunsthistorisches Museum, só acontece de dois em dois anos aproximadamente, isto é, apenas quando um dos guardas de serviço se aposenta ou morre. Os naturais de Burgenland gostam de se empregar como guardas de museu, o porquê, o próprio Irrsigler não sabe dizer, mas, segundo ele, é um fato, a maioria dos guardas de museu em Viena seria composta de gente vinda de Burgenland. Provavelmente, afirmou Irrsigler certa vez, porque são conhecidos como particularmente honestos, mas também como particularmente modestos e burros. E porque eles, os de Burgenland, teriam, mesmo hoje, um *caráter ainda intacto*. Quando ele, Irrsigler, via como estavam as coisas na polícia, ficava feliz por não o terem aceitado. Mencionou também que certa vez já havia pensado em entrar para um mosteiro, os monastérios, afinal, também forneciam a roupa, e hoje, como nunca antes, precisavam de gente, mas, na condição de *irmão leigo*, ele *seria só explorado pelos superiores*, segundo suas próprias palavras, *pelos padres, que, nos monastérios, levavam uma vida muito boa às custas dos irmãos leigos e de sua total obediência*. Num monastério, decerto seria posto tão somente para *cortar lenha e alimentar os porcos*; no verão escaldante, para selecionar repolho, no inverno, para remover a neve dos caminhos, disse ele. Nos monastérios, os irmãos leigos são uns coitadinhos, disse Irrsigler certa vez, e ele não queria ser um coitadinho. Seus pais teriam gostado de vê-lo entrar para um monastério, *o que eu teria podido fazer de imediato*, disse ele, inclusive porque já o aguardavam no Tirol. Irmão leigo, aquilo era ainda pior que ser prisioneiro numa instituição penal, segundo Irrsigler. *Os monges, sim, vivem bem*, disse ele, *mas os irmãos leigos nada mais são que escravos*. No que se referia a estes últimos, disse ele, reinava ainda e sempre nos monastérios a escravidão medieval, os irmãos lei-

84

gos não tinham motivo para rir e, na hora das refeições, comiam apenas o que sobrava. Ele, Irrsigler, não quisera servir àqueles teólogos comilões, como diz Reger, que *se aproveitam de Deus* e gozam de uma vida de excessos nos monastérios, tinha dito *não* a tempo. Reger certa vez levara a família Irrsigler ao Prater, sua mulher já estava muito doente na época. No trato com as crianças, ele, Reger, sempre fora irritadiço, só as suportava por pouquíssimo tempo, não podia estar *no meio de um trabalho* quando as via, tinha sido uma aventura convidar a família Irrsigler para uma visita ao Prater; mas ele, Reger, nutria havia um bom tempo, fazia anos, como ele se expressou, o sentimento de estar devendo alguma coisa a Irrsigler, *porque, afinal, quando estou no Kunsthistorisches Museum, demando algo que não me cabe, passo horas sentado no banco da Sala Bordone*, Reger diz, *sento-me ali para pensar, refletir e até mesmo para ler livros e artigos, fico sentado num banco da Sala Bordone que se destina aos visitantes habituais de museu, e não a mim, e menos ainda há mais de trinta anos,* Reger diz. Exijo de Irrsigler que, dia sim, dia não, me permita sentar naquele banco da Sala Bordone sem que eu tenha o direito de exigi-lo, afinal muitas vezes as pessoas na Sala Bordone querem sentar no banco da Sala Bordone e não podem, porque já *me* encontram sentado ali, no banco da Sala Bordone, disse Reger. O banco da Sala Bordone já se transformou mais ou menos num verdadeiro pré-requisito do meu pensar, Reger tornou a dizer ontem, muito mais que o Ambassador, onde disponho também de um assento ideal para pensar, mas o banco da Sala Bordone me convém, no banco da Sala Bordone penso com intensidade muito maior que no Ambassador, onde penso também, porque nunca paro de pensar, Reger diz, como você sabe *penso o tempo todo,* até dormindo eu penso, mas no banco da Sala Bordone penso como se deve pensar, razão pela qual, para pensar, eu me sento no banco da Sala Bordone. Dia sim, dia não,

85

me acomodo no banco da Sala Bordone, Reger diz, naturalmente não o faço todo dia, porque isso teria um efeito destruidor: se me sentasse diariamente no banco da Sala Bordone, destruiria tudo aquilo a que dou algum valor, e naturalmente nada tem mais valor para mim do que o pensar, penso, logo vivo, vivo, logo penso, Reger diz, sento-me, pois, todo dia no banco da Sala Bordone e permaneço sentado ali no mínimo três ou quatro horas, o que não significa senão que me aposso por essas três ou quatro horas, ou por vezes até mesmo cinco, do banco da Sala Bordone, e ninguém mais pode, então, sentar no banco da Sala Bordone. Para o visitante exausto do museu, que entra completamente exaurido na Sala Bordone, desejoso de sentar naquele banco da Sala Bordone, é naturalmente uma infelicidade que eu já me encontre sentado no banco da Sala Bordone, mas não há o que eu possa fazer, já ao acordar e ainda em casa penso em ir sentar o mais rápido possível no banco da Sala Bordone, e o faço para não ter de me desesperar; se um dia eu não pudesse sentar no banco da Sala Bordone, seria o mais desesperado dos homens, Reger diz. Nesses mais de trinta anos, Irrsigler sempre manteve desocupado o banco da Sala Bordone, Reger diz, só uma vez cheguei à Sala Bordone e encontrei o banco da Sala Bordone já ocupado, um inglês de bombachas se acomodara no banco da Sala Bordone e nada era capaz de fazê-lo levantar-se dali, nem mesmo os insistentes pedidos de Irrsigler, nem mesmo meus pedidos, não havia meio, o inglês permanecia sentado no banco da Sala Bordone, Reger diz, e pouco se importava comigo ou com Irrsigler. Tinha vindo da Inglaterra, ou, mais exatamente, de Gales, até Viena para visitar o Kunsthistorisches Museum e, em particular, para ver o *Homem de barba branca* de Tintoretto, disse o inglês de Gales, Reger diz, e não via por que haveria de se levantar do banco, que afinal estava ali para que nele sentassem os visitantes do museu interessados justamente no *Homem de barba branca* de Tintoretto. Tentei longamente convencer o inglês, mas ele no fim nem me ouvia mais, pouco lhe interessando, portanto, meu empenho em deixar claro para ele como era importante para mim poder sentar no banco da Sala Bordone, que significado tinha para mim o banco da Sala Bordone; também Irrsigler dissera várias vezes ao inglês, o qual, de resto, Reger diz, vestia paletó escocês de primeira classe, que o lugar onde ele havia sentado estava reservado para mim, o que aliás contrariava as normas, porque nenhum banco do Kunsthistorisches Museum podia ser reservado, tratando-se, pois, Reger diz, de uma afirmação que tirava de Irrsigler toda e qualquer razão, mas ele de fato dissera que o banco estava reservado; o inglês, porém, não tomou conhecimento do que lhe dissera Irrsigler nem do que lhe disse eu a respeito do banco da Sala Bordone, apenas deixou que falássemos, enquanto fazia tranquilas anotações num caderninho, provavelmente, suponho, anotações referentes ao *Homem de barba branca*. Esse inglês de Gales *pode ser um homem interessante*, pensei, Reger diz, motivo pelo qual, pensei, antes de, ali, de pé, me meter num bate-boca que já não tinha sentido nem propósito sobre o banco da Sala Bordone, cuja importância para mim eu jamais poderia explicitar para ele, o melhor que tenho a fazer é sentar logo a seu lado no banco, pensei, sento-me simplesmente ao lado do inglês de Gales no banco, com toda a gentileza, é claro, e simplesmente sentei então ao lado dele no banco. O inglês de Gales moveu-se, pois, alguns centímetros para a direita, a fim de permitir que eu sentasse do lado esquerdo. Eu jamais havia sentado ao lado de alguém no banco da Sala Bordone, era a primeira vez. Irrsigler ficou claramente feliz com o fato de eu, tendo sentado no banco da Sala Bordone, ter também acalmado a situação, e desapareceu de pronto a um breve sinal de minha parte, Reger diz, ao passo que eu, assim como o inglês de Gales, tornei a contemplar o *Homem de barba branca*. Esse *Homem de barba branca* interessa de fato ao senhor?, perguntei ao inglês, tendo recebido a título de resposta algo protelada, por assim dizer, um breve aceno positivo de sua cabeça inglesa. Minha pergunta havia sido absurda, lamentei de imediato tê-la feito, pensei, Reger diz, fiz uma pergunta das mais imbecis que podem ser feitas e decidi, então, não falar mais nada, apenas aguardar em completo silêncio que o inglês se levantasse e partisse. Ele, contudo, nem pensava em se levantar e partir, pelo contrário: apanhou do bolso do paletó um livro mais grosso com encadernação de couro preto e começou a lê-lo; ora lia seu livro, ora olhava para o *Homem de barba branca*, e me chamou a atenção enquanto isso que ele estivesse usando *Aqua brava*, uma água-de-colônia que não me desagrada. Se o inglês usa *Aqua brava*, pensei, é porque tem bom gosto. As pessoas que usam *Aqua brava* são sempre pessoas de bom gosto, e um inglês que usa *Aqua brava*, um inglês de Gales ademais, é-me naturalmente nada antipático, pensei, Reger diz. Vez por outra, Irrsigler aparecia para ver se o inglês já se fora, Reger diz, mas o inglês nem pensava em partir, lia várias páginas de seu livro de couro preto e, em seguida, tornava a olhar por vários minutos para o *Homem de barba branca*, e vice-versa, tudo indicava que sua intenção era *permanecer um tempo bastante longo sentado no banco da Sala Bordone*. Quando se trata de arte, os ingleses são minuciosos com tudo que lhes interessa, assim como os alemães, Reger diz, e um inglês mais minucioso em se tratando de arte nunca vi em toda a minha vida. Sem dúvida, o homem sentado a meu lado era o chamado especialista, e eu pensei comigo, Reger diz, especialistas em arte você sempre detestou, e agora, sentado ao lado de um deles, chega mesmo a achá-lo simpático, não apenas porque ele usa *Aqua brava*, não apenas por causa do traje escocês de primeira categoria, mas pura e simplesmente cada vez mais simpático, Reger diz. Em resumo, o inglês ficou ali pelo menos meia hora ou mais ainda, Reger diz, lendo seu livro de couro preto e contemplando por tempo equivalente o *Homem de barba branca* de Tintoretto, ou seja, passou uma hora inteira sentado a meu lado no banco da Sala Bordone, até que de repente se levantou, voltou-se para mim e perguntou o que, afinal, *eu* estava fazendo ali, na Sala Bordone, porque era bastante incomum que alguém se detivesse por mais de uma hora numa sala como a Bordone, *naquele banco desconfortável ao extremo* e fitando o *Homem de barba branca*. Aquilo, é natural, me deixou completamente perplexo, Reger diz, de modo que não soube de imediato o que responder ao inglês. Sim, disse eu, eu próprio não sei o que estou fazendo aqui, disse ao inglês de Gales, porque nada mais me ocorreu. O inglês me olhou irritado, como se para ele eu fosse um verdadeiro néscio. *Bordone*, disse ele, *é desimportante; Tintoretto, bem…*, disse o inglês. Depois, puxou o lenço do bolso esquerdo da calça e enfiou-o no direito. Um típico paliativo, disse a mim mesmo, e como o inglês, que de súbito ganhara minha simpatia, fizesse menção de partir, depois de ter havia muito tempo guardado seu livro de couro preto e seu caderninho, convidei-o a sentar de novo no banco da Sala Bordone e a me fazer companhia por mais algum tempo, ele me interessava, disse-lhe sem rodeios, dele irradiava para mim certo fascínio, disse-lhe, Reger me diz. E foi assim que, pela primeira vez, conheci um inglês de Gales absolutamente simpático, disse Reger, e não acho simpáticos os ingleses de modo geral, assim como tampouco os franceses, os poloneses e os russos, para nem falar nos escandinavos, que sempre achei antipáticos. Um inglês simpático é uma curiosidade, pensei comigo, depois de me levantar e tornar a sentar com ele. Interessei-me em saber se ele de fato tinha vindo ao Kunsthistorisches Museum só por causa do *Homem de barba branca*, Reger diz, e perguntei-lhe, portanto, se aquela era efetivamente a razão, ao que o inglês assentiu. Falava comigo em inglês, aliás, o que

89

me agradara, mas de repente passou a falar alemão, um alemão bastante precário, o alemão precário dos ingleses, aquele que todos eles falam quando acreditam saber alemão, o que nunca é o caso, Reger diz, provavelmente o inglês queria falar alemão, em vez de inglês, para melhorar seu domínio da língua alemã, e por que não? — no estrangeiro, quando não são idiotas, as pessoas preferem falar a língua estrangeira —, de modo que, em seu alemão precário de inglês, ele disse que, de fato, tinha vindo à Áustria e a Viena apenas por causa do *Homem de barba branca*, e não por causa de Tintoretto, todo o resto do museu não lhe interessava nem um pouco, não gostava nem um pouco de museus, odiava museus, nos quais só entrava a contragosto, só entrava no Kunsthistorisches Museum para estudar o *Homem de barba branca*, porque *em casa*, sobre a lareira de seu quarto em Gales, tinha um *Homem de barba branca igualzinho àquele*, era *na verdade o mesmo Homem de barba branca*, disse o inglês, contou-me Reger. Disseram-me, disse o inglês, contou-me Reger, que no Kunsthistorisches Museum de Viena tinha um *Homem de barba branca* igual ao meu, igual ao que tenho em meu quarto em Gales, e aí não tive mais sossego, vim para Viena. Durante dois anos, não tive mais sossego em meu quarto de dormir, pensando que no Kunsthistorisches Museum de Viena talvez houvesse de fato um *Homem de barba branca* de Tintoretto como o que tenho pendurado no meu quarto, e foi por isso que ontem vim para Viena. Acredite o senhor ou não, disse o inglês, Reger me diz, o mesmo *Homem de barba branca* de Tintoretto que está pendurado na parede do meu quarto em Gales está também naquela parede ali. Não podia crer nos meus olhos, disse o inglês, claro que em inglês, quando constatei que aquele *Homem de barba branca* ali é o mesmo que tenho no meu quarto, naturalmente fiquei bastante chocado. Mas esse choque, o senhor o escondeu muito bem, eu disse ao inglês, Reger me diz. Afinal, os ingleses sempre foram mestres do autocontrole, eu disse ao inglês de Gales, contou-me Reger, mesmo no auge da exaltação eles mantêm sua tranquilidade gélida, eu disse ao inglês, Reger me diz. O tempo todo, comparei meu *Homem de barba branca* de Tintoretto, pendurado na parede do meu quarto em Gales, com o *Homem de barba branca* de Tintoretto aqui nesta sala, disse o inglês, puxando o livro de couro preto do bolso do paletó e me mostrando uma reprodução do *seu* Tintoretto. De fato, eu disse ao inglês, o Tintoretto reproduzido no livro é igual ao que está ali na parede. Pois é, veja só, até o senhor concorda!, disse o inglês de Gales. É o mesmo quadro até nos menores detalhes, eu disse, o *Homem de barba branca* de Tintoretto neste seu livro é o mesmo que está ali na parede. Pode-se de fato examiná-los até nos mínimos detalhes, como se diz, e será forçoso admitir que são espantosamente idênticos, como se fosse verdadeiramente um único e mesmo quadro, eu disse, contou-me Reger. O inglês, porém, não se exaltou nem um pouco, disse Reger, ao passo que, a mim, o fato de o quadro na Sala Bordone ser efetivamente idêntico ao do meu quarto não me deixaria tão impassível, disse Reger, e o inglês tornou a contemplar seu livro preto, que continha uma reprodução de página inteira e em cores, como se diz, do *Homem de barba branca* em seu quarto em Gales, e, depois, o *Homem de barba branca* da Sala Bordone. Um sobrinho meu esteve em Viena há dois anos e, como não queria ir todo dia à Konzerthaus, veio numa terça-feira ao Kunsthistorisches Museum, mesmo sem estar de fato interessado nele, disse o inglês, Reger me diz, um de meus muitos sobrinhos, todo ano eles fazem grandes viagens pela Europa, pela América, pela Ásia, por onde for, e aqui, no Kunsthistorisches Museum, esse meu sobrinho viu o *Homem de barba branca* de Tintoretto na parede e veio me dizer, bastante exaltado, que tinha visto *meu Tintoretto*, por assim dizer, *na parede do Kunsthistorisches Museum*. Naturalmente, não acreditei raquilo, ri dele, disse o inglês, contou-me Reger, acreditando que tudo não passava de uma brincadeira de mau gosto, uma daquelas brincadeiras de mau gosto a que meus sobrinhos me submetem o ano todo e que tanto os diverte. *Meu Tintoretto em Viena, no Kunsthistorisches Museum?*, perguntei, e disse a meu sobrinho que ele tinha visto um fantasma e que tirasse aquele absurdo da cabeça. Mas o sobrinho insistiu que tinha visto meu Tintoretto na parede do Kunsthistorisches Museum em Viena. Naturalmente, aquela informação inacreditável ficou na minha cabeça, disse o inglês, contou-me Reger, a rigor não me deixava em paz. Meu sobrinho se deixou enganar por um equívoco, eu pensava o tempo todo. Mas não conseguia tirar o assunto da cabeça. Meu Deus, disse o inglês, o senhor nem pode imaginar quanto vale esse Tintoretto, que foi herança, uma tia-avó por parte de mãe, a tia de Glasgow, como dizíamos, me deixara aquele Tintoretto, disse o inglês, contou-me Reger. Pendurei o quadro no meu quarto porque me parece o lugar mais seguro, está lá, sobre a minha cama, e sob *a pior iluminação que se pode conceber*, disse o inglês, contou-me Reger. Na Inglaterra, milhares dessas obras dos Mestres Antigos são roubadas diariamente, disse o inglês, contou-me Reger, lá existem centenas de grupos especializados no roubo desses Mestres Antigos, sobretudo dos mestres italianos, muito populares na Inglaterra. Não sou um conhecedor de arte, meu senhor, disse o inglês, contou-me Reger, não entendo absolutamente nada de arte, mas naturalmente sei apreciar uma obra-prima como essa. Eu já poderia tê-la vendido muitas vezes, mas ainda não preciso fazer isso, ainda não, disse o inglês, contou-me Reger, mas pode naturalmente chegar o momento em que precisarei vender o *Homem de barba branca*. E não possuo apenas o *Homem de barba branca* de Tintoretto, tenho várias dezenas de italianos, Lotto, Crespi, Strozzi, Giordano, Bassano, o senhor sabe, grandessíssimos mestres, todos eles. Todos vindos da tia de Glasgow, disse o inglês, contou-me Reger. Jamais teria vindo a Viena se não me torturasse a suspeita de que meu sobrinho podia ter razão ao dizer que meu Tintoretto estava numa parede do Kunsthistorisches Museum, nunca me interessei por Viena, já que, afinal, não sou um *conhecedor* de música, nem mesmo um *amante* da música, disse o inglês, contou-me Reger, nada me teria feito vir à Áustria, a não ser essa suspeita. Pois aqui estou agora, e vejo que, de fato, meu Tintoretto ali está, na parede do Kunsthistorisches Museum. Veja o senhor mesmo, este *Homem de barba branca* reproduzido aqui e que está pendurado na parede do meu quarto em Gales é o mesmo Tintoretto pendurado ali, na parede do Kunsthistorisches Museum, disse o inglês, Reger me diz, e ele tornou a me mostrar o livro de couro preto aberto, que segurava diante dos meus olhos. É como se não fossem apenas iguais, mas também o mesmíssimo quadro, disse o inglês, contou-me Reger. Em seguida, ele se levantou do banco, chegou bem próximo do *Homem de barba branca* e permaneceu algum tempo parado ali, diante do *Homem de barba branca*. Eu o observava e me espantava ao mesmo tempo, porque nunca tinha visto um homem com um autocontrole tão verdadeiramente sobre-humano, disse Reger, eu observava o inglês de Gales e pensava que, em vista de tamanha monstruosidade — isto é, ver na parede do Kunsthistorisches Museum exatamente o mesmo quadro que está pendurado na parede do meu quarto em Gales, sobre a minha cama —, eu teria perdido todo o meu autocontrole. Observava, pois, o inglês, vi-o aproximar-se do *Homem de barba branca* e fitá-lo, naturalmente não podia vê-lo de frente, uma vez que o observava de costas para mim, disse-me Reger, mas sabia, naturalmente, ainda que o observasse por detrás, que ele fitava o *Homem de barba branca*, e que o fazia mais ou menos desconcertado. Demorou-se ali e, quando tornou a se voltar para mim, seu rosto estava branco como cera, disse Reger.

Poucas vezes em minha vida vi um rosto tão branco assim, Reger diz, e de um inglês então, nunca. Antes de se levantar para fitar o *Homem de barba branca*, o inglês exibia *aquela cara vermelho- -curtida, tipicamente inglesa*, mas agora seu rosto estava branco como cera, Reger diz sobre o inglês. "Desconcertado" nem é a palavra apropriada, disse Reger sobre o inglês. Irrsigler também observou a cena toda, disse Reger, observou-a quieto, de pé naquele canto que leva às pinturas de Veronese, Reger diz. O inglês tornou a sentar no banco da Sala Bordone, no qual eu permanecera sentado o tempo todo, e disse que, de fato, tratava-se do *mesmo quadro*, isto é, aquele que ele tinha sobre a cama de seu quarto em Gales e este aqui, na parede da Sala Bordone do Kunsthistorisches Museum. Estava hospedado no *Hotel Imperial*, que lhe fora recomendado pelo sobrinho, disse o inglês, contou- -me Reger. Odeio esse luxo, mas ao mesmo tempo o aprecio, quando sinto vontade. Só ficava nos melhores hotéis, disse o inglês, contou-me Reger, e, *portanto, claro, no Imperial de Viena, no Ritz de Madri ou no Timeo de Taormina*. Mas não gosto nem um pouco de viajar, faço isso talvez a cada dois ou três anos e, em geral, não por prazer, disse o inglês, contou-me Reger. Está mais do que claro que um desses Tintoretto é uma falsificação, disse então o inglês, contou-me Reger, ou este aqui, no Kunsthistorisches Museum, ou o meu, sobre a cama do meu quarto em Gales. *Um dos dois tem de ser falso*, disse o inglês, pressionando brevemente seu corpo robusto contra o encosto do banco da Sala Bordone; logo, porém, endireitou-se e disse que, então, o sobrinho tinha razão. Amaldiçoei meu sobrinho, porque estava certo de que ele havia me dito uma bobagem, como é de seu feitio, ou seja, me inquietar ou me aborrecer de tempos em tempos; é meu sobrinho preferido, aliás, embora tenha sempre me dado nos nervos e, a rigor, não valha nada. É meu sobrinho preferido. É o mais terrível dos meus sobrinhos, mas é meu sobrinho preferido. Mas ele tinha razão, disse o inglês, o Tintoretto daqui é de fato idêntico ao meu, lá em Gales. *Existem dois Tintoretto*, disse o inglês, tornando a se recostar no banco da Sala Bordone e logo a se endireitar de novo. Um deles é falso, disse ele, e naturalmente eu me pergunto se o meu é falso ou se falso é este aqui, no Kunsthistorisches Museum. É possível, afinal, que o Kunsthistorisches Museum seja possuidor de uma falsificação, e que meu Tintoretto seja o verdadeiro, é até provável que assim seja, conhecendo como conheço toda a história de minha tia de Glasgow. Pouco depois de Tintoretto pintar esse *Homem de barba branca*, o *Homem de barba branca* foi vendido para a Inglaterra, primeiramente para a família do duque de Kent e, depois, para minha tia de Glasgow. De resto, o atual duque de Kent é casado com uma austríaca, o senhor sabe disso, o inglês me disse de súbito, numa pequena divagação, contou-me Reger, para logo em seguida afirmar com toda a certeza que o Tintoretto daqui, ou seja, o *Homem de barba branca* do Kunsthistorisches Museum, era uma falsificação. *Uma falsificação magnífica*, disse então o inglês. Logo vou descobrir qual *Homem de barba branca* de Tintoretto é o verdadeiro e qual o falso, disse o inglês, acrescentando, no entanto, que era perfeitamente possível que os dois fossem verdadeiros, isto é, ambos de Tintoretto e ambos verdadeiros. Só um grande artista como Tintoretto seria de fato capaz, disse o inglês, Reger me diz, de pintar um segundo quadro *não inteiramente igual, mas absolutamente idêntico. Seria, de todo modo, uma sensação*, disse o inglês, contou-me Reger, deixando em seguida a Sala Bordone. Despediu-se de mim com um breve "goodbye", o mesmo "goodbye" que disse a Irrsigler, que testemunhara toda a cena, Reger me diz. Como acabou essa história toda não sei, disse Reger, não me preocupei mais com isso. Em todo caso, foi esse inglês, Reger diz, que certa ocasião, ao entrar na Sala Bordone, encontrei sentado no banco. Ele e nenhum outro. Reger tem há mais de trinta anos essa ideia do banco da Sala Bordone, sustenta que não consegue pensar direito, isto é, que *não consegue pensar de acordo com sua própria cabeça*, quando não está sentado ali. No Ambassador, tenho ideias muito boas, Reger disse mais de uma vez, mas as melhores, eu as tenho no banco da Sala Bordone do Kunsthistorisches Museum, sem dúvida sempre tenho ali minhas melhores ideias; se, no Ambassador, dificilmente um assim chamado pensamento filosófico ganha impulso, no banco da Sala Bordone esse impulso é uma obviedade. No Ambassador, meu pensamento é como o de todo mundo, voltado para o cotidiano e para suas necessidades, mas, no banco da Sala Bordone, ele sempre se dedica antes ao extraordinário e ao inusitado. Reger não consegue, por exemplo, explicar a sonata "A tempestade" no Ambassador da mesma forma concentrada como o faz no banco da Sala Bordone, assim como lhe é inteiramente impossível fazer, no Ambassador, uma palestra sobre a arte da fuga em toda a sua profundidade, em suas particularidades e singularidades, porque, para tanto, Reger diz, *faltam ao Ambassador todas as condições necessárias*. No banco da Sala Bordone, afirma, consegue apanhar até mesmo os pensamentos mais complicados, os quais logra ali desenvolver e, por fim, reunir num resultado interessante, o que não lhe é possível fazer no Ambassador. Este, porém, possui naturalmente uma série de vantagens que o Kunsthistorisches Museum não oferece, disse Reger, isso sem nem mencionar o banheiro do Ambassador, que sempre me entusiasma, desde que o reconstruíram recentemente; o senhor sabe, é Viena, onde efetivamente os banheiros são mais negligenciados que em qualquer outra grande cidade europeia, é uma raridade encontrar aqui um banheiro que não nos revire o estômago e no qual, uma vez lá dentro, não precisemos inevitavelmente tapar os olhos e o nariz; os banheiros de Viena são, todos eles, um escândalo, nem mesmo no sul dos

Bálcãs se encontra um único banheiro tão desleixado, disse Reger. Viena não possui essa cultura do toalete, disse ele, os banheiros de Viena são um escândalo só, mesmo nos hotéis mais famosos da cidade os banheiros são escandalosos, a cidade tem as privadas mais medonhas do mundo, mais medonhas que em qualquer outra cidade, basta precisar se aliviar e você terá sua surpresa, disse Reger. Viena é, muito superficialmente, famosa por sua ópera, mas, na verdade, é temida e execrada por seus banheiros escandalosos. Os vienenses, e mesmo os austríacos em geral, não possuem uma cultura do toalete, em lugar nenhum do mundo você encontra privadas tão sujas e malcheirosas, disse Reger. Precisar ir ao banheiro em Viena é, na maioria das vezes, uma catástrofe; se você não é um acrobata, vai se sujar, e o fedor é tanto que muitas vezes impregna a roupa por semanas. De modo geral, disse Reger, os vienenses são sujos, não existe morador de metrópole europeia que seja mais sujo que o vienense, e é sabido, afinal, que as casas europeias mais sujas são as dos vienenses, e elas são ainda muito mais sujas que os banheiros. Os vienenses vivem dizendo que os Bálcãs são sujos, você ouve isso por toda parte, mas Viena é cem vezes mais suja que os Bálcãs, Reger diz. Se você vai à casa de um vienense, em geral fica espantado com tanta sujeira. Naturalmente, há exceções, mas, em regra, as casas vienenses são as mais sujas do mundo. Sempre fico imaginando o que pensam os estrangeiros quando precisam ir a um banheiro em Viena, o que pensa essa gente, acostumada a banheiros limpos, quando precisa ir aos banheiros mais sujos de toda a Europa? As pessoas se aliviam o mais rapidamente possível e saem horrorizadas com toda a sujeira do mictório. Por toda parte, esse cheiro fétido, inclusive em todos os banheiros públicos; tanto faz se você vai à privada de uma estação ferroviária ou se sente tal necessidade no metrô, vai deparar com uma das privadas mais sujas da Europa. Também, e sobretudo, nos cafés vienenses os banheiros são tão sujos que dão nojo, disse Reger. Por um lado, o culto megalomaníaco e gigantesco às tortas; por outro, os banheiros terrivelmente sujos, disse ele. Em muitos desses banheiros, a impressão que se tem é a de que não os limpam já há anos. Por um lado, os donos de cafés protegem suas tortas do menor golpe de ar, o que naturalmente faz bem a elas, mas, por outro, não dão nenhum valor ao asseio das privadas. Pobre daquele que, ainda antes de comer sua torta, disse Reger, precisa ir ao banheiro num desses cafés em sua maioria bastante famosos, porque, ao sair do banheiro, ele vai perder totalmente a vontade de provar um bocadinho que seja da guloseima oferecida ou mesmo já servida. Mas também os restaurantes vienenses são sujos, eu afirmo, os mais sujos de toda a Europa. A todo momento, você depara com uma toalha de mesa toda manchada e, se chama a atenção do garçom para o fato de a toalha estar manchada, se não tem a intenção de fazer sua refeição sobre uma toalha manchada de cima a baixo, essa toalha toda manchada só será substituída a contragosto; ao exigir que levem embora a toalha suja, você só vai atrair para si olhares enfurecidos e verdadeiramente perigosos. Na maioria dos restaurantes, não haverá nem mesmo toalha sobre a mesa, e se você solicitar que limpem pelo menos a sujeira mais tosca do tampo sujo da mesa, muitas vezes efetivamente molhado de cerveja, vai ouvir resmungos mal--educados, disse Reger. As questões do toalete e da toalha de mesa não foram solucionadas em Viena, disse Reger. Em toda grande cidade do mundo, e já estive em quase todas, a maioria das quais conheço mais que superficialmente, encontrar uma toalha limpa sobre a mesa antes da refeição é uma obviedade. Em Viena, porém, uma toalha limpa, ou pelo menos um tampo de mesa limpo, não constitui obviedade nenhuma. E o mesmo acontece com os banheiros, que, em Viena, são os mais nojentos não apenas da Europa, mas de todo o mundo. De que vale uma

comida excelente se, já antes de começar a comer, o banheiro
lhe tira o apetite, e de que vale uma comida excelente se, depois,
o banheiro lhe revira o estômago?, perguntou Reger. Os vienenses, assim como a totalidade dos austríacos, não possuem essa
cultura do toalete, as privadas austríacas sempre foram uma catástrofe, disse Reger. Se Viena é famosíssima por sua cozinha em
grande parte efetivamente excelente, ao menos no tocante às
tortas, é também mal-afamada no que se refere aos banheiros. Até
há pouco tempo, o próprio Ambassador tinha um banheiro que
desafiava toda e qualquer descrição. Um dia, contudo, a direção
do hotel foi sensata e mandou construir um novo, um banheiro
extraordinariamente bem-sucedido, e *não apenas do ponto de
vista arquitetônico, mas também de uma perspectiva higiênico-
-sociológica, um banheiro perfeito até no menor dos detalhes*. Os
vienenses são de fato o povo mais sujo da Europa, já foi comprovado cientificamente que o vienense só usa seu sabonete uma
vez por semana, assim como já foi comprovado cientificamente
que ele só troca sua roupa de baixo uma vez por semana, de camisa, no máximo duas vezes por semana, e a maioria dos vienenses só troca a roupa de cama uma vez por mês, Reger diz. As
meias, masculinas ou femininas, o vienense usa em média por
doze dias consecutivos, disse Reger. Desse ponto de vista, não há
na Europa lugar pior do que Viena, e naturalmente a Áustria
como um todo, para os fabricantes de sabonete e de roupas de
baixo, Reger diz. Em compensação, os vienenses consomem
quantidades imensas de colônia da pior categoria, disse Reger, já
de longe exalam aquele cheiro penetrante de violeta ou cravo ou
lírio-do-vale ou buxo. Natural e coerente é, pois, Reger diz, de-
preender da sujeira exterior dos vienenses sua sujeira interior, e
com efeito os vienenses são interiormente não muito menos sujos
que exteriormente, e é possível, disse Reger — embora não absolutamente certo, corrigiu-se ele —, que sejam ainda mais sujos

interiormente que exteriormente. Tudo indica que, por dentro, são ainda mais sujos que por fora. Mas não tenho vontade de refletir sobre esse assunto, disse em seguida, seria por certo tarefa para os chamados sociólogos escrever um estudo sobre isso. E, nesse estudo, segundo Reger, os vienenses haveriam de ser descritos como as pessoas mais sujas de toda a Europa. Como estou feliz com a construção de um novo banheiro no Ambassador, prosseguiu, no Kunsthistorisches Museum segue existindo apenas o velho. Como estou ficando cada vez mais velho e não mais moço, nos últimos tempos vou com frequência cada vez maior também ao banheiro do Kunsthistorisches Museum, disse Reger, o que, sob as condições ainda e sempre reinantes aqui, constitui aborrecimento que cotidianamente me dá nos nervos, uma vez que as privadas do Kunsthistorisches Museum estão abaixo de qualquer crítica. Da mesma forma como as privadas da Musikverein estão também abaixo de qualquer crítica. Cheguei mesmo a, certa vez, me permitir a brincadeira de incluir numa de minhas críticas para o *Times* que as privadas da Musikverein, isto é, do mais elevado dos templos supremos vienenses dedicados às musas, desafiam toda e qualquer descrição e que, por isso, por esse motivo escandaloso, ir à Musikverein me custa enorme esforço, disse Reger, o que muitas vezes faz com que, ainda em casa, eu me ponha a pensar se vou ou não à Musikverein, porque, na minha idade e com meus rins, preciso ir pelo menos duas vezes ao banheiro no curso de uma única noite ali. No fim, porém, sempre acabei indo à Musikverein, por causa de Mozart e Beethoven, de Berg e Schönberg, de Bartók e Webern, e superei meu medo daquelas privadas. Quão extraordinária precisa ser a música apresentada na Musikverein, disse Reger, para que eu vá até lá, embora tenha de ir ao banheiro da Musikverein pelo menos duas vezes por noite. A arte não conhece misericórdia, é o que digo a mim mesmo a cada vez que vou à Musikverein e entro no banheiro, disse Reger. De olhos fechados e, sempre que possível, de nariz tapado, me alivio na privada da Musikverein, disse ele, o que já é, em si, uma arte muito especial, que, no entanto, pratico há tempos com virtuosismo. E isso sem contar que, além de os banheiros e as privadas vienenses serem, em sua totalidade, os mais sujos do mundo, excetuados os dos chamados países em desenvolvimento, nada neles que diga respeito à higiene funciona, ou a água não chega ou ela não sai, às vezes não chega nem sai, sob certas circunstâncias passam-se inclusive meses até que alguém se preocupe em verificar se os banheiros e as privadas estão funcionando, disse Reger. É provável que essa situação pavorosa dos banheiros e de todas as privadas vienenses só possa ser corrigida mediante a promulgação, ou por parte da cidade ou do Estado, tanto faz, de leis as mais rigorosas a *regulamentar banheiros e privadas*, tão rigorosas e duras que os donos de hotéis, restaurantes e cafés sejam obrigados a manter efetivamente em ordem seus banheiros e suas privadas. Donos de hotéis, restaurantes e cafés não vão mudar essa situação, vão, sim, com certeza prolongar por toda a eternidade essa pouca-vergonha de banheiros e privadas, a não ser que sejam obrigados pelo município ou pelo Estado a pôr em ordem banheiros e privadas. Viena é a cidade da música, escrevi certa vez no *Times*, mas é também a cidade dos banheiros e das privadas mais nojentos. Nesse meio-tempo, Londres já sabe disso, mas Viena naturalmente ainda não, porque os vienenses não leem o *Times*, contentam-se com os jornais mais primitivos e hediondos impressos no mundo com o intuito de emburrecer as pessoas, ou seja, aqueles jornais perfeitamente adequados à perversão emocional e intelectual vienense. O grupo de russos partira, o banco da Sala Bordone estava vazio. Tendo Irrsigler lhe sussurrado alguma coisa no ouvido, o que eu próprio tinha visto, Reger se levantou e saiu com o chapéu preto que mantinha o tempo todo na cabeça. Eram agora onze horas e vinte e oito minutos. O grupo russo estava de pé na chamada Sala Veronese, e a intérprete ucraniana falava então sobre Veronese, mas o que dizia sobre Veronese era o mesmo que já havia dito antes sobre Bordone e Tintoretto, as mesmas banalidades, o mesmo falatório, no mesmo tom, com a mesma voz desagradável, e não era apenas aquele costumeiro e desagradável russo feminino, que sempre dá fundamentalmente nos nervos, mas também, e acima de tudo, o fato de que ela falava sem parar naquele tom agudo e cortante que era quase insuportável para mim, obrigando-me a padecer o tempo todo de uma dor lancinante nos canais auditivos. Um ouvido como o meu é sensível e mal suporta sobretudo vozes femininas e feias a emitir sons nesse tom específico, agudo e cortante. Também não sabia por que Irrsigler não aparecia fazia já um bom tempo, embora, de modo geral, e de acordo com as normas, costumasse a todo momento dar uma espiada na Sala Bordone; parecia-me, afinal, bastante curioso que ele e Reger houvessem saído juntos da Sala Bordone e demorassem tanto a voltar. Mas, como eu havia combinado com Reger de estar ali às onze e meia, na Sala Bordone, e como Reger é o homem mais pontual e confiável que conheço, ele estará de volta à Sala Bordone precisamente às onze e meia, pensei comigo, e mal havia pensado, já Reger retornava à Sala Bordone, não sem, antes de tornar a sentar definitivamente no banco da Sala Bordone, olhar em torno e em todas as direções, o que previ que ele faria, razão pela qual, assim que o ouvi voltando à Sala Bordone, recuei de imediato para a Sala Sebastiano, postando-me no mesmo canto para onde fora empurrado pelos russos enfurecidos, posição da qual, aliás, podia observar bem o Reger que retornava à Sala Bordone, aquele Reger desconfiado, como eu pensava, sempre olhando para todos os lados, apenas por segurança, um Reger que, entre outras coisas, sofrera a vida inteira de uma mania de perseguição verdadeiramente letal e que naturalmente sempre lhe fora útil, sem jamais representar perigo de fato para ele próprio ou para outros. Ele estava outra vez sentado no banco da Sala Bordone e de novo contemplava o *Homem de barba branca* de Tintoretto. Às onze e meia em ponto, olhou para o relógio de bolso que, rápido como um raio, retirara do paletó, no exato momento em que eu próprio, provindo da Sala Sebastiano, entrei na Sala Bordone e me detive diante dele. *Que terríveis esses grupos russos*, disse Reger, *terríveis*. *Odeio esses grupos de russos*, repetiu ele. Depois, ordenou literalmente que me sentasse no banco da Sala Bordone, *vamos, sente aqui a meu lado*, disse. *Para mim, todo homem pontual é uma alegria*, disse. *A maioria das pessoas é impontual, e isso é um horror. Mas você sempre foi pontual*, ele disse, *é um de seus grandes méritos*. Ah, disse em seguida, se você soubesse a noite ruim que tive, tomei o dobro dos comprimidos de costume mas dormi muito mal. Sonhei o tempo todo com minha mulher, não consigo mais escapar desses pesadelos em que sonho com ela. E estive pensando em *você*, em como se desenvolveu nos últimos anos. É notável como você se desenvolveu, disse ele. A rigor, leva uma vida incomum, mais ou menos de independência total, ainda que seja preciso levar em consideração, naturalmente, que não existe ninguém independente neste mundo, e menos ainda totalmente independente. Se eu não tivesse o Ambassador, disse ele, não sobreviveria às tardes. Nos últimos tempos, são tantos os árabes que ele logo vai se tornar um *hotel de árabes*, quando, afinal, sempre foi um *hotel de judeus, judeus e húngaros, e sobretudo judeus húngaros*, é isso que há décadas o torna tão agradável para mim, disse Reger, não me incomodam nem mesmo os comerciantes persas que vendem seus tapetes no Ambassador. Mas você também não acha que, com o tempo, o Ambassador pode se tornar um lugar perigoso? A qualquer momento não poderia explodir uma bomba ali, se você pensar que o hotel está sempre cheio de judeus israelenses e árabes egípcios? Deus do céu, disse ele, também pouco importa se eu voar pelos ares, contanto que seja rápido. Passar as manhãs no Kunsthistorisches Museum, as tardes no Ambassador e almoçar bem no Astoria ou no Bristol, isso eu aprecio. Naturalmente, não poderia levar essa vida com o dinheiro apenas do *Times*, fingiu ele, porque o que o *Times* me manda aqui para a Áustria só cobre mais ou menos as despesas miúdas. Mas as ações não vão bem, o mercado de títulos está uma catástrofe. E viver na Áustria está ficando cada dia mais caro. Por outro lado, fiz os cálculos e poderia, sem mais, viver ainda facilmente cerca de duas décadas com o que tenho, contanto que não estoure a chamada *Terceira Guerra Mundial*. Isso me deixa tranquilo, ainda que, na verdade, tudo míngue dia após dia. Você é o típico estudioso privado, Atzbacher, ele me disse, isso mesmo, é a essência do estudioso privado, a essência mesma do *homem* privado, absolutamente anacrônico, disse Reger. É o que eu estava pensando hoje, ao subir com grande esforço essa escada terrível que dá na Sala Bordone, pensava comigo que *você é o verdadeiro e típico homem privado*, provavelmente o único que conheço, e conheço muitos outros, todos homens privados, mas *você é o típico, o verdadeiro*. Suporta trabalhar décadas numa única obra sem dela publicar nada. Eu não conseguiria. Pelo menos uma vez por mês preciso ter o prazer de publicar meu trabalho, disse Reger, um hábito que, para mim, é uma necessidade imprescindível, razão pela qual louvo o *Times*, que regularmente me possibilita atender a esse hábito e ainda por cima me paga para tanto. Escrever me dá um prazer evidente, disse ele, essas minhas pequenas obras de arte que não ultrapassam duas páginas, ocupam sempre três colunas e meia do *Times*, disse ele. Você já pensou em publicar ao menos uma porçãozinha do seu trabalho, um fragmento qualquer?, perguntou Reger, tudo que você menciona desse seu trabalho parece excelente, se bem que, por outro lado, *não publicar, não publicar nada, é também um prazer supremo*, disse ele. Em algum momento, no entanto, você há de querer saber o efeito que seu trabalho vai produzir, disse ele, e vai acabar publicando pelo menos uma parte dele. Por um lado, é magnífico guardar para si, não publicar nada do trabalho de toda uma vida, por assim dizer, mas, por outro, publicar é igualmente magnífico. Eu sou um publicador inato, ao passo que você é um não publicador inato. É provável que você e seu trabalho — isto é, refiro-me a sua relação com o trabalho que produz e a relação desse trabalho com você, como queira — estejam condenados à não publicação, porque você com certeza sofre continuamente com o fato de trabalhar nele e não publicá-lo, essa é que é a verdade, penso eu, não admite nem sequer para si próprio que sofre dessa chamada compulsão pela não publicação. Eu sofreria se não publicasse meus escritos. Mas, naturalmente, seu trabalho não é comparável ao meu. Eu, contudo, não conheço nenhum escritor, ou pelo menos ninguém que escreva e suporte passar tanto tempo *sem* publicar o que escreve, que não tenha curiosidade de saber o que o público tem a dizer sobre o que escreve, eu ardo o tempo todo de curiosidade, disse Reger; embora viva dizendo que não, que não me interessa, que não tenho curiosidade de saber a opinião do público, ardo de curiosidade e minto, naturalmente, ao dizer que não é assim, quando, na verdade, ardo de curiosidade o tempo todo, admito, ardo de curiosidade, minha curiosidade é constante, disse ele. Quero saber o que as pessoas têm a dizer do que escrevi, disse ele, o tempo todo quero saber o que cada um pensa a esse respeito, mas não canso de dizer que não me interessa o que as pessoas têm a dizer, digo que não me interessa, que me é indiferente, mas ardo o tempo todo de curiosidade, não há espera que me deixe mais angustiado, disse ele. Minto quando digo que a opinião pública não me interessa, que meus leitores não me interessam, minto quando digo que não quero saber o que as pessoas pensam sobre o que escrevo, que não leio o que escrevem a esse respeito, isso é mentira, mentira deslavada, disse ele, porque ardo incessantemente de curiosidade, quero saber o que as pessoas estão dizendo do que escrevo, quero saber sempre, a todo momento, e, digam o que disserem sobre o que escrevi, isso me atinge, essa é que é a verdade. Naturalmente, ouço apenas o que diz o pessoal do *Times*, e nem sempre eles me dizem só coisas elogiosas, disse Reger, mas, no que diz respeito a você, como um escritor que filosofa, por assim dizer, haveria também de lhe interessar muitíssimo o que as pessoas dizem sobre o que você escreve e filosofa, o que pensam disso, e aí eu não entendo que você não publique ao menos trechos de seus escritos, apenas para saber o que o público, o que a instância pública competente, por assim dizer, pensa deles, embora, ao mesmo tempo, eu tenha de lhe dizer que uma tal competência pública inexiste, não existe competência nenhuma, nunca existiu nem vai existir; mas, perguntou Reger, não o oprime escrever tanto, pensar tanto, escrever o que pensou, escrever de novo e tudo isso sem nenhum eco? Por certo, você perde muito com essa atitude obstinada de não publicar, talvez perca até mesmo o decisivo. Escreve seu trabalho há décadas e diz que o *escreve apenas para si próprio, o que é terrível*, ninguém escreve apenas para si uma obra escrita, é mentira quando alguém diz que escreve seus escritos somente para si, mas você sabe tão bem quanto eu que ninguém mente mais que aquele que escreve, o mundo, desde seus primórdios, não conhece mentiroso maior, vaidoso maior e mentiroso maior, disse Reger. Se você soubesse a noite pavorosa que passei mais uma vez, levantando-me a todo momento com contrações terríveis desde os dedos dos pés, passando pelas panturrilhas e até bem dentro do peito, tudo por causa dos diuréticos que preciso tomar para o coração. Estou preso a um círculo vicioso, disse ele.

106

Toda noite é uma desgraça, sempre que penso que vou conseguir adormecer volto a ter essas contrações e preciso me levantar e caminhar pelo quarto, de um lado para outro. Passei mais ou menos a noite toda andando de um lado para outro e não consegui dormir, logo me acordavam aqueles pesadelos que já mencionei. Nos pesadelos, sonho com minha mulher, é terrível. Desde que ela morreu, tenho esses pesadelos, sem parar, todas as noites. Creia, penso quase sempre se não teria sido melhor ter posto fim a minha própria vida depois da morte dela. Não me perdoo essa covardia. Essa pena doentia e contínua de mim mesmo é insuportável, mas é algo que não consigo superar, disse ele. Se pelo menos houvesse um concerto decente na Musikverein, disse ele, mas a programação de inverno é pavorosa, só obras rançosas, surradas, sempre concertos que me dão nos nervos, concertos de Mozart, concertos de Brahms, concertos de Beethoven, todos esses ciclos de Mozart, Brahms e Beethoven já se tornaram insuportáveis. E, na Ópera, impera o diletantismo. Se ao menos a Ópera tivesse algo de interessante, mas, no momento, ela é absolutamente desinteressante, obras ruins, cantores ruins e, para completar, uma orquestra horrorosa. O que era a Filarmônica há dois ou três anos, e o que é hoje?, perguntou-se ele. *Uma orquestra comum.* Imagine você, semana passada ouvi a *Winterreise* com um baixo de Leipzig, não vou dizer o nome porque não significará nada para você, que não tem interesse nenhum em *música teórica*, e sorte sua, disse Reger, porque o baixo era uma catástrofe. Sempre e de novo "Die Krähe", disse ele, não aguento mais. Para ir a um concerto assim, nem vale a pena trocar de roupa, lamentei por minha camisa limpa. *Sobre uma porcaria dessas não escrevo no Times,* disse ele. *Mahler, Mahler, Mahler,* prosseguiu, *isso também é de enervar qualquer um.* Mas essa moda de Mahler já atingiu seu auge e está desaparecendo, graças a Deus, disse Reger, Mahler que, afinal, é o compositor mais supervalorizado do século. Foi um excepcional regente de orquestra, mas um compositor medíocre, como todos os bons regentes de orquestra, Hindemith, por exemplo, ou Klemperer. Essa mania de Mahler ao longo de tantos anos sempre me foi pavorosa, o mundo todo numa verdadeira embriaguez mahleriana, era insuportável. Aliás, você sabia que o túmulo da minha mulher, para onde também vou, perguntou ele, é bem ao lado do de Mahler? Se bem que, no cemitério, pode de fato não fazer diferença nenhuma ao lado de quem somos enterrados; mesmo que seja ao lado de Mahler, isso não me irrita. *A canção da Terra*, com Kathleen Ferrier, talvez, disse Reger, mas tudo o mais de Mahler, eu dispenso, não tem valor nenhum, não resiste a exame mais profundo. Em comparação, Webern é de fato um gênio, para nem falar em Schönberg e Berg. Não, Mahler foi uma aberração. É o típico compositor da moda do Jugendstil, naturalmente bem pior que Bruckner, que, em matéria de kitsch, apresenta muitas semelhanças com Mahler. Nesta estação do ano, Viena não oferece nada a quem possui interesses intelectuais, e infelizmente muito pouco ao possuidor de interesses musicais, disse Reger. Os estrangeiros que chegam à cidade, porém, logo se contentam com qualquer coisa, certamente vão à Ópera, tanto faz o que está em cartaz, ainda que seja um lixo, e assistem também aos concertos mais horrorosos, arrebentam as mãos de tanto aplaudir, além de acorrerem todos até mesmo ao Museu de História Natural e ao Kunsthistorisches Museum, como você pode ver. A fome de cultura do homem civilizado é portentosa, e a perversidade que há aí, universal. Viena é um conceito cultural, disse Reger, embora aqui já não exista cultura há muito tempo, e um dia não haverá de fato cultura nenhuma em Viena, mas a cidade permanecerá, ainda e sempre, um conceito cultural. Viena será sempre um conceito cultural, e o será tanto mais obstinadamente quanto menos cultura abrigar. E logo não haverá mesmo cultura nenhuma nesta cidade, disse ele. Com o tempo, e rapidamente, esses governos cada vez mais idiotas que temos na Áustria vão de fato tratar de acabar com a cultura na Áustria, e sobrará apenas a banalidade, disse Reger. A atmosfera deste país é cada vez mais hostil à cultura, vai se tornando mais hostil ano a ano e tudo indica que, num futuro nada distante, a Áustria será um país inteiramente desprovido de cultura. Esse ponto-final deprimente, no entanto, já não vou ver, *você, talvez*, disse Reger, você, talvez, mas eu não, já estou tão velho que não vou mais viver a derrocada definitiva e a completa e efetiva ausência de cultura na Áustria. A luz da cultura será extinta na Áustria, isso eu lhe digo, a estupidez que há tanto tempo impera neste país não levará muito tempo para extinguir a luz da cultura. Aí, a Áustria ficará nas trevas, disse Reger. Mas você pode dizer o que quiser a esse respeito que não será ouvido, e ainda que seja, vão lhe tomar por tolo. Que sentido tem eu escrever no *Times* o que penso da Áustria e o que acontecerá a ela mais cedo ou mais tarde, mas num futuro próximo? Não tem o menor sentido, disse Reger, sentido nenhum. Pena que eu não vá viver esse futuro, isto é, aquele em que os austríacos tatearão nas trevas, porque sua luz cultural terá se apagado. Pena eu não poder mais tomar parte nisso, disse ele. Você vai se perguntar por que o chamei para vir aqui hoje de novo, por que pedi que viesse outra vez ao museu. Existe uma razão. Mas essa razão, eu lhe digo mais tarde. Não sei *como* lhe dizer isso. Não sei. Penso o tempo todo a esse respeito, mas não sei. Estou aqui há horas pensando nisso, mas não sei. Irrsigler é minha testemunha, disse Reger, estou sentado há horas neste banco, pensando em *como* lhe dizer *por que* lhe pedi que viesse ao Kunsthistorisches Museum *hoje também. Mais tarde, mais tarde*, disse Reger, *dê-me tempo*. A gente comete um crime e simplesmente não consegue relatá-lo sem rodeios, disse Reger. Dê-me tempo até eu me tranquilizar, disse ele; a Irrsigler,

109

já contei, mas ainda não consigo dizer a você, disse Reger, é embaraçoso mesmo. De resto, o que eu lhe disse ontem sobre a chamada sonata "A tempestade" é com certeza interessante, e estou certo de que está correto o que lhe disse sobre a assim chamada sonata "A tempestade", mas é provável que isso seja mais interessante para mim do que para você. Aliás, é sempre assim, falamos sobre determinado tema porque esse tema nos fascina, mas fascina a nós próprios mais que àquele a quem o impomos, e o fazemos, em última instância, com toda a obstinada inconsideração de que somos capazes. Que impus a você todas aquelas opiniões sobre a chamada sonata "A tempestade", isso é um fato. No contexto de minha palestra sobre a arte da fuga, disse ele, julguei necessário examinar também a sonata "A tempestade", e me vi ontem justamente em condições ideais para fazê-lo, razão pela qual transformei *você em vítima da minha paixão como estudioso da música*, como, de resto, faço com frequência de sua pessoa uma vítima de minhas paixões como estudioso da música, porque não conheço outra personalidade tão adequada para tanto. Muitas vezes penso que *você me chegou em boa hora*, disse ele, *o que eu faria sem você?* Ontem, incomodei-o com a sonata "A tempestade", quem sabe com que peça musical vou incomodá-lo depois de amanhã, disse ele, são tantos os assuntos musicais que trago na cabeça e que gostaria muito de elucidar; mas preciso de alguém que me ouça, de uma vítima, por assim dizer, para minha compulsão de falar sobre questões teórico-musicais, disse ele, porque, de fato, esse meu constante discursar sobre questões musicais é *uma espécie de compulsão teórico-musical*. Cada um tem sua própria compulsão, sua compulsão *primordial* de falar sobre alguma coisa, e essa compulsão, no meu caso, é teórico-musical. Sempre tive essa compulsão teórico-musical, durante toda a minha vida de estudioso da música, e minha vida sem dúvida não é outra coisa a não ser teórico-

-musical, assim como a sua é filosófica, isso está mais do que claro. Naturalmente, posso dizer agora que tudo que eu disse *ontem* sobre a sonata "A tempestade" soa *hoje* absurdo, como, aliás, tudo que é dito é absurdo, *mas soamos convincentes ao dizer esses absurdos*, disse Reger. Mais cedo ou mais tarde, tudo que é dito revela-se um absurdo, mas quando soamos convincentes, quando o dizemos com a veemência mais inacreditável, com a máxima veemência possível, aí não é nenhum crime, disse ele. Aquilo que pensamos, queremos dizê-lo também, disse Reger, e a rigor não sossegamos até que o tenhamos dito, porque, se calamos, morremos sufocados. A humanidade teria morrido sufocada há muito tempo se tivesse calado todos os absurdos que pensou ao longo de sua história, todo aquele que se cala por muito tempo sufoca, também a humanidade não pode se calar por tempo demasiado, ou morrerá sufocada, ainda que o indivíduo só pense absurdos, ainda que a humanidade só pense absurdos, ainda que seja absurdo tudo que o indivíduo e a humanidade algum dia pensaram. Somos ora artistas da palavra ora artistas do silêncio, e aperfeiçoamos essa arte ao extremo, disse ele, nossa vida se torna interessante na exata medida em que somos capazes de desenvolver tanto a arte da palavra quanto a arte do silêncio. *A sonata "A tempestade" não é uma grande sonata*, disse Reger; examinada de perto, ela não passa de uma de muitas obras secundárias, como as chamamos, a rigor ela é kitsch. Sua qualidade reside antes no fato de ela se prestar a uma boa discussão do que na peça em si. Beethoven foi um artista convulsivo e monocórdio por excelência, um ser violento, não exatamente o que mais aprecio. Sempre me divertiu discorrer sobre a sonata "A tempestade", ela é a obra mais fatídica de Beethoven, aquela que o apresenta com toda a clareza, seu ser, seu gênio, seu pendor para o kitsch ficam visíveis, assim como suas limitações. Mas só falei sobre a sonata "A tempestade" ontem porque queria explicar a você, em mais detalhe e mais intensivamente, a arte da fuga, e para tanto era necessário invocar a sonata, disse Reger. De resto, odeio nomes como *A tempestade*, ou *Eroica*, ou *Inacabada*, ou *A surpresa*, nomes assim me repugnam. Como quando dizem *o Mago do Norte*, isso me repugna profundamente, disse Reger. Justamente o fato de, *do ponto de vista teórico*, você não estar nem um pouco interessado em música é que faz de você a vítima ideal para meus embates musicais, disse Reger. Você *ouve com atenção e não contesta*, disse ele, deixa meu discurso em paz, e eu preciso disso; independentemente do valor daquilo que digo, o que isso faz é tão somente aplainar-me o caminho em meio a essa minha terrível existência musical, que, creia-me, na verdade apenas raras vezes me traz felicidade. O que penso extenua, aniquila, disse ele, mas, por outro lado, já me extenuou e aniquilou por tanto tempo que não preciso mais ter medo de pensá-lo. Imaginei que você seria pontual, e você é pontual, disse ele, não espero outra coisa de você além de pontualidade, e a pontualidade, você sabe, é a coisa que mais prezo, onde quer que haja seres humanos há de imperar a pontualidade e, com ela, sua aliada, a confiabilidade, disse ele. Onze e meia e você apareceu, disse ele, olhei para o relógio, eram onze e meia, e aí estava você, diante de mim. *Não conheço pessoa mais útil que você*, disse ele. É provável que minha sobrevivência se deva unicamente a você. Eu não deveria dizer isso, disse Reger, dizê-lo é de um descaramento sem igual, mas já disse, você é a pessoa que me permite seguir existindo, não tenho efetivamente mais ninguém. E você sabia que minha mulher gostava muito de você? Ela nunca lhe disse, mas disse-o a mim, e mais de uma vez. Você tem uma mente livre, disse Reger, e isso é o que há de mais precioso no mundo. Segue um caminho só seu e preservou esse caminho próprio; preserve-o enquanto viver, disse Reger. Eu me enfiei na arte para escapar da vida, é o que poderia dizer também, disse Reger. Esgueirei-me pela arte, disse ele. Esperei pelo momento oportuno e me vali desse momento oportuno para me esgueirar do mundo em direção à arte, à música, disse ele, assim como outros se esgueiram rumo às artes plásticas ou ao teatro, disse ele. Essas pessoas, que a rigor *efetivamente odeiam o mundo*, esgueiram-se de um momento para outro do mundo que odeiam para a arte, que está absolutamente fora desse mundo odiado. Eu me esgueirei para dentro da música, disse ele, em segredo absoluto. E o fiz porque tive essa possibilidade, ao passo que a maioria das pessoas não a tem. Você se esgueirou para a filosofia e para a escrita, disse ele, mas não é nem filósofo nem escritor, e isso é que é ao mesmo tempo interessante e fatal *em você e ao seu redor*, porque não é de fato filósofo nem de fato escritor, uma vez que, para ser filósofo, falta-lhe tudo que caracteriza o filósofo, assim como lhe falta também para ser escritor, embora você seja exatamente aquilo que chamo de um escritor filosófico: sua filosofia não é filosofia de fato, nem sua escrita, escrita de fato, repetiu ele. E um escritor que nada publica não é a rigor escritor nenhum, na verdade. É provável que você padeça do *medo de publicar*, disse Reger, um *trauma editorial é o culpado por você não publicar nada*. No Ambassador, ontem, você vestia um casaco de pele de ovelha bem talhado, com certeza polonês, disse Reger de repente, e eu disse, sim, você tem razão, era um casaco polonês de pele de ovelha, estive, como você sabe, eu disse a Reger, diversas vezes na Polônia, é um de meus dois países preferidos, amo a Polônia e amo Portugal, eu disse, provavelmente mais a Polônia que Portugal, e, em minha última visita a Cracóvia — e já faz oito ou nove anos que estive em Cracóvia —, comprei o casaco de pele, viajei até a fronteira russa só para comprá-lo, porque só na fronteira russo-polonesa se encontra um casaco de pele de ovelha com esse corte. Sim, disse Reger, é mesmo um prazer ver de vez em quando uma pessoa bem-vestida, uma pessoa bem-vestida e de boa aparência, sobretudo quando o céu está tão escuro, a cabeça, mais ou menos anuviada, e o humor, o pior possível. Às vezes, até mesmo nesta Viena arruinada de hoje, você vê pessoas bem-vestidas e de boa aparência, durante muitos anos só se viam pessoas vestindo roupas de mau gosto em Viena, artigos deprimentes produzidos em massa. Agora, no entanto, a cor parece ter voltado às roupas, disse ele, mas são *tão poucas as pessoas de boa figura*, você caminha horas por essa Viena arruinada e *só vê rostos deprimentes e roupas de mau gosto*, como se só visse passar nas ruas *gente estropiada*. O mau gosto e a monotonia dos vienenses me deprimiram durante décadas. Sempre pensei que só na Alemanha as pessoas eram monótonas e de mau gosto, mas os vienenses são igualmente monótonos e de mau gosto. Apenas em tempos mais recentes o quadro vem se modificando, as pessoas exibem aspecto bem melhor, tornam a vestir roupas mais individualizadas, disse ele; em seu casaco de pele de ovelha, você causa impressão imponente, disse Reger. A gente vê tão poucas pessoas bem-vestidas *e* inteligentes, disse ele. Passei muitos anos andando por essa Viena arruinada tão somente de cabeça baixa, porque não suportava a visão de tanta feiura em massa pelas ruas, aquela massa de gente sem gosto vindo em minha direção era simplesmente insuportável, centenas de milhares de pessoas vestidas em série que me tiravam o ar assim que eu pisava na rua, disse ele. E não apenas nos chamados bairros proletários, também no chamado centro da cidade essa massa cinza de pessoas vestidas em série me roubava o ar, e bem no centro da cidade, disse ele. Agora, porém, isso parece estar mudando, as pessoas recuperaram a coragem de se vestir como indivíduos, disse ele. Ainda que com o mau gosto de sempre, hoje em dia os jovens vão para as ruas bastante coloridos, como se só agora, quarenta anos depois de seu fim, todo mundo tivesse superado a guerra, o trauma da guerra, disse Reger, que tornou as pessoas tão cinzentas e feias por quase quarenta anos. Mas, nessa Viena arruinada, você naturalmente só vê muito de vez em nunca, como se diz, uma pessoa *bem*-vestida. E isso provoca *naturalmente um sentimento de felicidade*, disse ele, que, em seguida, emendou: A *própria sonata "A tempestade", só Gould, e nenhum outro, conseguiu tocá-la bem de verdade e torná-la suportável*. Todos os outros a fizeram insuportável para mim. *Ela é, afinal, bastante tosca, a sonata "A tempestade"*, disse Reger, como tanta coisa que Beethoven escreveu. Mas nem mesmo Mozart escapou do kitsch, de que há tanto sobretudo em suas óperas, o malicioso e o solícito e prepotente se atropelam também, e muitas vezes de maneira insuportável, na música dessas óperas superficiais. Uma rolinha aqui, outra rolinha ali, um indicador levantado aqui, outro ali, disse Reger, isso *também* é Mozart, afinal. Até sua música está repleta do kitsch das anáguas e calcinhas, disse Reger. E Beethoven, o compositor estatal, é de uma *seriedade verdadeiramente ridícula*, como mostra sobretudo a sonata "A tempestade". Mas onde iríamos parar se submetêssemos tudo e todos a essa forma letal de contemplação? A solicitude prepotente e o kitsch, prosseguiu Reger, são as duas características principais do chamado homem civilizado, um ser altamente estilizado ao longo de séculos e milênios e transformado numa figura humana grotesca, disse ele. Tudo que é humano é kitsch, disse, não resta dúvida disso. E assim é também a arte maior, a arte suprema. Seu retorno de Londres para Viena, disse Reger, foi para ele um verdadeiro choque, porque, afinal, sentira-se mais em casa em Londres do que se sentia em Viena. Em Londres, no entanto, eu não poderia ter ficado de jeito nenhum, já em razão da minha saúde instável, sempre me ameaçando com alguma doença perigosa, uma doença fatal, Reger diz. Em Londres, vivi; em Viena, nunca cheguei a viver de fato; em Londres, minha cabeça sentia-se bem, ao passo que ela nunca se sentiu efetivamente bem em Viena;

em Londres, tive as melhores ideias, disse ele. O tempo que passei em Londres foi, para mim, a melhor época da minha vida, disse ele. Lá, sempre tive todas as possibilidades que nunca tive em Viena, disse ele. Depois da morte de meus pais, a volta para Viena era para mim uma obviedade, o retorno a esta cidade cinzenta, oprimida pela guerra e insípida na qual eu, de início, vivi vários anos tão somente em choque, disse ele. No momento, porém, em que já não sabia o que fazer, conheci minha mulher, ele disse, minha mulher me salvou. Sempre temera o sexo feminino, prosseguiu, *na verdade odiava de corpo e alma as mulheres*, por assim dizer, e, no entanto, sua mulher o salvara, disse. E você sabe onde foi que conheci minha mulher, já cheguei a lhe contar?, perguntou ele, e pensei comigo que Reger já havia me contado aquilo várias vezes mas não o disse, e ele então continuou: *Conheci minha mulher aqui, no Kunsthistorisches Museum. E sabe em que lugar do Kunsthistorisches Museum?*, perguntou ele de novo, e claro que eu sabia em que lugar do Kunsthistorisches Museum, pensei, e ele disse *aqui, na Sala Bordone, neste mesmo banco*, e disse-o como se de fato não se lembrasse mais de haver me dito aquilo centenas de vezes, isto é, que conhecera sua mulher no banco da Sala Bordone, e agora, tendo ele repetido o que já me dissera, fiz como se *jamais* tivesse ouvido aquilo dele. *Foi num dia nublado*, contou, *eu estava desesperado, aprofundava-me então com bastante intensidade na obra de Schopenhauer, depois de ter perdido o gosto por Descartes e, na época, pelos pensadores franceses como um todo, e estava sentado neste banco aqui, pensando sobre certa frase de Schopenhauer, já não sei dizer qual*, contou ele. Então, de repente, uma mulher teimosa sentou a meu lado no banco e não se levantou mais. Fiz um sinal para Irrsigler, que de início não entendeu o que significava aquele sinal e, portanto, não foi capaz de fazer a mulher sentada a meu lado se levantar e ir embora, ela permanecia sentada ali e fitava o *Homem de barba branca*, disse Reger, creio que ficou uma hora fitando o *Homem de barba branca*. A senhora gosta tanto assim desse *Homem de barba branca* de Tintoretto?, perguntei a ela, disse Reger, e, *de início, não obtive resposta para minha pergunta*. Somente passado algum tempo, a mulher me disse um *não* verdadeiramente fascinante, *um não daquele tipo eu nunca tinha ouvido até aquele não*, disse Reger. Então não gosta nem um pouco do *Homem de barba branca* de Tintoretto?, perguntei-lhe. Não, não gosto, a mulher me respondeu. Encetou-se, como se diz, uma conversa sobre arte e, em particular, sobre a pintura e sobre os Mestres Antigos, disse Reger, uma conversa que durante muito tempo não tive vontade de interromper, e o que me interessou durante toda essa conversa não foi seu conteúdo, e sim *o modo como a conversa se deu*. No fim, depois de muito refletir, sugeri à mulher que fôssemos almoçar juntos no *Astoria*, ela aceitou e, não muito tempo depois, nos casamos. Revelou-se, então, que ela era uma mulher de muitas posses, tinha várias lojas no centro da cidade, prédios residenciais alugados na Singerstraße, na Spiegelgasse e um deles inclusive no Kohlmarkt, disse Reger. Fora todo o resto. *De repente, eu tinha por esposa uma mulher cosmopolita, inteligente e abastada*, disse ele, que me salvou com sua inteligência e suas posses, porque minha mulher me salvou, eu estava *no chão*, como se diz, quando a conheci, disse ele. Você vê, não devo pouco a este Kunsthistorisches Museum, disse ele. Talvez seja mesmo a gratidão que me faz vir até aqui dia sim, dia não, disse ele rindo, mas, naturalmente, não é bem assim. Você sabia que na casa da minha mulher, na chamada casa da Himmelstraße, na chamada *Himmelstraße* de Grinzing, tinha um cofre no qual cabiam várias pessoas, sem nenhuma dificuldade?, perguntou. Nesse cofre, ela guardava seus preciosos Stradivari, Guarneri, Maggini, disse ele. Fora todo o restante. A guerra, minha mulher passou-a em Londres como eu, e é espantoso que eu não a tenha conhecido lá, porque frequentamos, na mesma época, o mesmo círculo londrino. Passamos anos nos desencontrando em Londres, disse Reger. Aliás, antes de nos casarmos, ela já havia presenteado o Kunsthistorisches Museum com diversos quadros, disse Reger, entre eles um Furini muito valioso e não completamente malsucedido, que, de resto, você encontra logo ao lado do Cigoli e do Empoli, isto é, precisamente entre o Empoli e o Cigoli, do qual, aliás, não gosto nem um pouco. Depois de nos casarmos, ela não doou mais nenhum quadro, disse ele, deixei claro a ela que dar presentes era um despropósito, que o ato em si de presentear era repulsivo, disse ele. Imagine que, antes do nosso casamento, minha mulher doou a uma de suas sobrinhas uma vista de Viena do período Biedermeier, creio que de Gauermann. Quando, então, um ano mais tarde, e mais por acaso que por interesse, ela caminhava pelo *Museu da Cidade de Viena*, apenas para, digamos, matar o tempo entre duas refeições, descobriu nesse *Museum der Stadt Wien*, que, penso eu, não vale nada, o Gauermann com que presenteara a sobrinha. Você pode bem imaginar que aquilo foi um choque para ela. De imediato, minha mulher se dirigiu à direção do museu e, lá, ficou sabendo que, poucas semanas, quando não poucos dias, depois de ganhar o quadro da tia, minha futura esposa, a sobrinha o *vendera* por duzentos mil ao *Museu da Cidade de Viena*. Dar presentes é um dos maiores absurdos que há, disse Reger. Isso eu logo deixei claro a minha mulher, e ela nunca mais deu presentes. Nós arrancamos de nossa vida um objeto querido, uma obra de arte que, como se diz, nos fala ao coração, e aquela que presenteamos com esse objeto vai e o vende por uma soma horrenda, vergonhosa, disse Reger. Dar presentes é um hábito terrível, que naturalmente decorre da consciência pesada ou, com muita frequência, do medo corrente da solidão, disse Reger, um péssimo costume, porque o receptor não vai apreciar o presente, aquilo que lhe foi dado e que poderia ser mais, sempre mais, razão pela qual, no fim, tudo que se produz com isso é o ódio, disse ele. Em toda a minha vida, nunca dei presentes, disse ele, e sempre me recusei também a recebê-los, sempre temi *ser* presenteado. E você sabia que Irrsigler também contribuiu para esse casamento?, perguntou-me Reger. Conforme fiquei sabendo mais tarde, Irrsigler havia dito a minha mulher, a qual, de súbito absolutamente exausta, encostara-se à parede da Sala Sebastiano, que ela fosse sentar no banco da Sala Bordone; ele a conduziu da Sala Sebastiano à Sala Bordone e, seguindo o conselho dele, sentou no banco da Sala Bordone, contou Reger. Se Irrsigler não a tivesse levado até lá, é provável que eu nunca a tivesse conhecido, disse. Você sabe que não acredito em coincidências, disse ele. Sob esse ponto de vista, Irrsigler foi nosso casamenteiro, disse Reger. Durante muito tempo, minha mulher e eu não atentamos para o fato de Irrsigler ter sido a rigor quem promoveu nosso casamento, até que, um dia, reconstruindo nosso relacionamento, nos demos conta disso. Irrsigler disse certa vez que tinha *observado* minha futura mulher por um bom tempo na Sala Sebastiano, porque não estava claro para ele qual a razão daquele seu comportamento, que lhe parecera desde o princípio um *comportamento curioso*; chegara mesmo a pensar que ela estava prestes a fotografar um dos quadros da Sala Sebastiano, o que é estritamente proibido, achou a princípio que, em sua bolsa extraordinariamente grande, *de resto proibida no museu*, ela escondia uma máquina fotográfica e só depois concluiu que ela estava simplesmente exausta. Nos museus, as pessoas sempre cometem o erro de querer fazer coisas demais, de querer ver *tudo*, e por isso caminham sem parar, contemplam sem cessar e, então, de repente, sucumbem, simplesmente por terem consumido arte demais. Assim foi com minha futura mulher, que Irrsigler tomou pelo braço e conduziu à Sala

Bordone, como constatamos mais tarde, e o fez com a máxima gentileza, Reger diz. O leigo em matéria de arte caminha pelo museu, e o exagero lhe arruína a visita, disse Reger. Mas, naturalmente, não há como dar conselhos a quem visita um museu. O conhecedor vai até lá para ver no máximo *um* quadro, *uma* escultura, *um* objeto, disse Reger, ele vai ao museu para contemplar e avaliar *um* Veronese, *um* Velázquez, disse Reger. Esses especialistas é que me são, todos eles, profundamente repugnantes, disse Reger, seguem diretamente para uma obra de arte específica, examinam-na à sua maneira desavergonhada e inescrupulosa e, depois, vão-se embora, eu odeio essa gente, disse Reger. O contrário também me revira o estômago, ou seja, quando vejo um leigo no museu devorando tudo sem o menor senso crítico, capaz de devorar numa única manhã toda a pintura ocidental, como vemos aqui a todo momento. No dia em que a conheci, minha mulher debatia-se com um assim chamado conflito de consciência: depois de caminhar várias horas pelo centro da cidade, não sabia se comprava um casaco na firma Braun ou um conjunto na firma Knize. Assim, dividida entre a firma Braun e a firma Knize, decidiu-se por fim a não comprar nem o casaco na firma Braun nem o conjunto na firma Knize, mas, em vez disso, ir ao Kunsthistorisches Museum, onde, até aquele momento, ela só estivera uma vez na vida, na mais tenra infância, levada pela mão do pai, que havia sido um grande apreciador das artes plásticas. Naturalmente, Irrsigler tem consciência da função que desempenhou como casamenteiro, disse Reger. Se tivesse conduzido outra mulher, bem diferente, à Sala Bordone, penso frequentemente, disse Reger, uma mulher bem diferente, repetiu ele, *uma inglesa ou uma francesa, não posso nem imaginar*, disse. Sentados aqui neste banco, abandonados à própria sorte, disse Reger, somos mais ou menos a depressão em pessoa, a desesperança, disse ele, e então sentam uma mulher do nosso lado, casamos com ela e estamos salvos. Milhões de casais se conheceram num banco assim, disse Reger, trata-se de um dos fatos mais insípidos que há neste mundo, e justamente a esse fato ridículo e insípido devo minha existência, porque, se não tivesse conhecido minha mulher, não teria podido seguir existindo, isso está hoje mais claro do que nunca para mim. Durante anos sentei neste banco num estado de desespero mais ou menos profundo, e de repente sou salvo. Devo, portanto, a Irrsigler praticamente tudo que sou, porque, sem ele, eu já não existiria há muito tempo, disse Reger no momento em que, da Sala Sebastiano, Irrsigler dava sua espiada na Sala Bordone. Perto do meio-dia, o Kunsthistorisches Museum em geral já está quase vazio, viam-se agora poucas pessoas ali, e, na chamada *seção italiana*, não havia mais ninguém além de nós. Da Sala Sebastiano, Irrsigler deu um passo em direção à Sala Bordone, como se quisesse oferecer a Reger a oportunidade de solicitar alguma coisa, mas Reger não pediu nada, de modo que Irrsigler se retirou de volta para a Sala Sebastiano, caminhando na verdade de costas da Sala Bordone para a Sala Sebastiano. Irrsigler era mais ligado a ele do que qualquer parente próximo jamais fora, disse Reger, *a ligação que tenho com esse homem é maior que a que jamais tive com qualquer parente*, disse. Nossa relação, nós sempre conseguimos mantê-la num equilíbrio ideal, disse Reger, *mantemos há décadas esse equilíbrio ideal*. Irrsigler sempre tem a sensação de que eu o protejo, embora não saiba ao certo de quê, assim como, inversamente, sempre tenho a sensação de que ele me protege, *naturalmente também sem saber de fato do quê*, disse Reger. Minha ligação com Irrsigler é a mais ideal possível, disse Reger, *é uma relação de distância absolutamente ideal*, disse ele. Naturalmente, Irrsigler não sabe nada de mim, disse Reger então, e não teria sentido nenhum contar-lhe mais sobre mim; *justamente porque ele nada sabe a meu respeito, e justamente porque não sei nada sobre ele, é que nossa relação é tão ideal*, disse Reger, porque de Irrsigler só conheço a exterioridade mais banal, assim como também ele só me conhece por fora, e da forma mais banal. Não nos cabe aprofundarmo-nos mais no conhecimento de uma pessoa com quem já temos uma relação ideal, do contrário vamos destruir essa relação ideal, disse Reger. Irrsigler é quem dá o tom, disse Reger, estou inteiramente a sua mercê; se hoje ele disser: Sr. Reger, a partir de agora o senhor não senta mais neste banco, não vou poder fazer nada, disse Reger, porque, afinal, é mais que maluquice vir há mais de trinta anos ao Kunsthistorisches Museum e ocupar este banco da Sala Bordone. Não creio que Irrsigler tenha algum dia comunicado a seus superiores o fato de que venho há trinta anos ao Kunsthistorisches Museum e, dia sim, dia não, sento neste banco da Sala Bordone, isso, conhecendo-o como o conheço, ele com certeza não fez, sabe que não *pode* fazê-lo, que a direção do museu nada *pode* saber. Sim, porque logo enviariam alguém como eu a um manicômio, isto é, a Steinhof, se ficassem sabendo que, há trinta anos, venho ao Kunsthistorisches Museum dia sim, dia não a fim de sentar no banco da Sala Bordone. Para os psiquiatras, eu seria um achado, disse Reger. E, para acabar num manicômio, uma pessoa nem precisa passar mais de trinta anos vindo sentar dia sim, dia não no banco da Sala Bordone diante do *Homem de barba branca* de Tintoretto, *basta que ela cultive esse hábito por duas ou três semanas, ao passo que eu o cultivo há mais de trinta anos*, disse Reger. *E não o abandonei depois de me casar, ao contrário, com minha mulher intensifiquei ainda mais esse meu hábito de dia sim, dia não vir ao Kunsthistorisches Museum e sentar no banco da Sala Bordone.* Para os psiquiatras, eu seria *um achado e uma mina de ouro*, como se diz, mas não vão ter a oportunidade de me transformar em seu achado e sua mina de ouro, disse Reger. Nos hospitais psiquiátricos há milhares de pessoas que, por assim dizer, cometeram alguma loucura que nem sequer se aproxima da minha, disse Reger. Presas nesses hospitais psiquiátricos estão pessoas que uma única vez *não* levantaram a mão que haveriam de ter levantado, disse Reger, que uma única vez disseram "branco" em vez de "preto", disse Reger, tente imaginar. Mas eu não sou louco, disse ele, sou apenas um homem extraordinariamente fiel a meus hábitos e possuidor de um hábito extraordinário, qual seja: o hábito extraordinário de, há trinta anos, vir dia sim, dia não ao Kunsthistorisches Museum para sentar no banco da Sala Bordone. Se, *de início*, minha mulher achava esse hábito *terrível, depois* ela *acabou* por achá-lo *adorável*; nos últimos anos, quando eu lhe perguntava, ela dizia sempre que achava um hábito adorável o de vir comigo ao Kunsthistorisches Museum, a nosso *Homem de barba branca* de Tintoretto, e o de sentar no banco da Sala Bordone, disse Reger. De fato, penso que o Kunsthistorisches Museum é o único ponto de fuga que me restou, disse Reger, preciso recorrer *aos Mestres Antigos para continuar existindo, exatamente a esses chamados Mestres Antigos* que há tanto tempo, há décadas já, me são odiosos, porque a rigor nada me é mais odioso do que esses chamados Mestres Antigos do Kunsthistorisches Museum, do que os Mestres Antigos de modo geral, seja qual for o nome deles e tenham eles pintado o que quer que seja, disse Reger, e, no entanto, são eles que me mantêm vivo. Assim, caminho pela cidade e penso comigo que não suporto mais esta cidade e que, além de não suportar mais esta cidade, não suporto mais este mundo e, portanto, que não suporto mais a própria humanidade, porque o mundo e toda a humanidade se tornaram tão pavorosos que logo será impossível suportá-los, pelo menos para uma pessoa como eu. Você sabe, Atzbacher, para um homem da razão bem como para um homem do sentimento como eu, o mundo e a humanidade logo se tornarão insuportáveis. Já não encontro neste mundo e entre as pessoas algo que seja de valor para mim, disse ele, este mundo é só estupidez, assim como essa humanidade, que também é só estupidez. Este mundo e essa humanidade atingiram um grau de estupidez a que um homem como eu já não pode se dar ao luxo, disse ele, uma pessoa assim não pode mais conviver com um mundo como esse, um homem como eu não é mais capaz de coexistir com uma tal humanidade, disse Reger. Tudo neste mundo e nessa humanidade foi reduzido ao grau mais baixo de embotamento, disse Reger, tudo neste mundo e nessa humanidade alcançou tamanho grau de periculosidade geral e de brutalidade rasteira que, para mim, é já quase impossível seguir adiante neste mundo e nessa humanidade, ainda que um dia de cada vez. Um tal grau de estupidez rasteira, nem mesmo os pensadores mais clarividentes da história julgaram possível, disse Reger, nem Schopenhauer, nem Nietzsche, e isso para nem falar em Montaigne, disse Reger, e quanto a nossos extraordinários poetas do mundo e da humanidade, a monstruosidade e a ruína que previram e profetizaram por escrito não é nada em comparação com nosso estado atual. Mesmo Dostoiévski, um de nossos grandes clarividentes, descreveu o futuro apenas como um idílio ridículo, do mesmo modo como Diderot descreveu tão somente um idílio futuro risível, o inferno terrível de Dostoiévski é tão inofensivo perto daquele em que nos encontramos hoje em dia que, ao pensar nisso, só logramos sentir calafrios, e o mesmo acontece com os infernos previstos e profetizados por Diderot. O primeiro, de seu ponto de vista russo e oriental, previu, predisse e profetizou por escrito tão pouco desse inferno absoluto quanto Diderot, sua contraparte ocidental no pensamento e na escrita, disse Reger. O mundo e a humanidade atingiram um estado infernal ao qual este mundo e essa humanidade jamais haviam chegado antes na história, essa é que é a verdade, Reger diz. É mesmo idílico o que esses grandes pensadores e escritores previram em seus escritos, disse Reger, todos eles acreditaram ter descrito o inferno, mas descreveram apenas um idílio que, comparado ao inferno no qual hoje existimos, nunca passou efetivamente de um idílico idílio, Reger diz. Todo o presente está repleto de vulgaridade e maldade, de mentiras e traição, disse Reger, a humanidade nunca foi tão desavergonhada e pérfida como hoje. O que quer que contemplemos, aonde quer que vamos, o que vemos é apenas maldade e sordidez e traição e mentira e hipocrisia, divisamos sempre e somente nada mais que baixeza absoluta; tanto faz para onde olhamos ou aonde quer que vamos, somos confrontados com a maldade, com a mentira e com a hipocrisia. O que mais vemos além de mentiras e maldade, de hipocrisia e traição, da vileza mais vil, quando saímos por essas ruas, *quando ousamos sair para a rua?*, perguntou ele. Quando saímos para a rua, mergulhamos na vileza, disse ele, na vileza e no descaramento, na hipocrisia e na maldade. Dizemos que não existe terra mais mentirosa, mais hipócrita e mais maldosa do que esta, mas, quando saímos do país ou simplesmente olhamos para fora, vemos que também lá o tom é dado apenas pela maldade, pela hipocrisia, pela mentira, pela baixeza. Temos o governo mais repugnante que se pode conceber, o mais hipócrita, maligno, o mais ordinário e, ao mesmo tempo, o mais burro, dizemos, e naturalmente é verdade o que pensamos, e dizemos isso a todo momento, disse Reger, mas, quando olhamos para fora deste país hipócrita, maldoso, mentiroso e burro, vemos que os outros países são igualmente mentirosos, hipócritas e, tudo somado, tão vis como o nosso, disse Reger. Só que esses outros países pouco ou nada nos interessam, disse Reger, *só nos interessa em alguma medida o nosso país*, e é por isso que ele nos golpeia diariamente *de tal forma* que há tempos temos de existir *num estado de efetiva impotência* neste país, cujo governo é ordinário, estúpido, hipócrita, mentiroso e, além disso tudo, de uma burrice profunda como um abismo.

125

Todo dia, quando pensamos nisso, nada mais sentimos senão que somos governados por um governo hipócrita, mentiroso e vil, um governo que é também o mais burro que se possa imaginar, disse Reger, e pensamos então que não temos como mudá-lo em nada, e isso é que é terrível, que não possamos mudá-lo em nada, que tenhamos simplesmente de observar impotentes como ele vai, a cada dia, se tornando ainda mais mentiroso, hipócrita, vulgar e vil, e de tal forma que somos obrigados a vê-lo tornar-se cada vez pior e mais insuportável num estado mais ou menos constante de perplexidade. Mas não é só o governo que é mentiroso, hipócrita, vil e vulgar, também o Parlamento o é, disse Reger, e por vezes me parece que o Parlamento é ainda mais hipócrita e mentiroso que o próprio governo, e como é por fim mentirosa e ordinária a justiça neste país, e a imprensa neste país, a cultura enfim, em suma tudo o mais neste país; aqui reinam há décadas apenas a mentira e a hipocrisia e a vulgaridade e a vileza, disse Reger. Chegamos agora de fato ao fundo do poço absoluto, disse Reger, e este país logo renunciará a seu sentido, a seu propósito e a seu espírito. E, por toda parte, esses disparates nojentos sobre democracia! Você vai para a rua, disse ele, e precisa tapar a todo momento olhos, ouvidos e nariz, a fim de conseguir sobreviver neste país, em última instância um Estado que constitui considerável perigo para a sociedade, disse Reger. A cada dia, acreditamos menos em nossos olhos e ouvidos, disse ele, a cada dia vivemos a decadência deste país destruído, desse Estado corrupto e desse povo emburrecido, e com um pavor crescente. E as pessoas neste país e neste Estado não fazem nada, disse Reger, isso é que atormenta todo dia alguém como eu. Naturalmente, elas veem e sentem como este Estado vai se fazendo mais vil e vulgar a cada dia, mas não fazem nada contra isso. Os políticos são os assassinos, sim, os assassinos em massa de todo e qualquer país e Estado, disse Reger, há séculos políticos matam países e Estados, e ninguém os impede de fazê-lo. E nós, austríacos, temos como assassinos do país e do Estado os políticos mais espertos e, ao mesmo tempo, os mais inconsiderados, disse Reger. À testa de nosso Estado estão políticos assassinos do Estado, em nosso Parlamento têm assento políticos assassinos do Estado, disse ele, essa é que é a verdade. Todo primeiro-ministro, todo ministro é um assassino do Estado e, portanto, um assassino do país, disse Reger; sai um, entra outro, disse Reger, vai-se um assassino que é primeiro-ministro, e logo vem um primeiro-ministro assassino, vai-se um assassino do Estado e ministro, logo vem outro. O povo é sempre e apenas assassinado pelos políticos, disse Reger, mas ele não vê isso, sente, decerto, que é assim, mas não vê nada, essa é que é a tragédia, Reger diz. Quando nos alegramos com a saída de um primeiro-ministro assassino do Estado, já lá está o seguinte, disse Reger, isso é pavoroso. Os políticos são assassinos do Estado e do país, disse Reger, e, durante o tempo que passam no poder, matam sem cerimônia, contam com o apoio da justiça para seus assassinatos vulgares e vis, para seu abuso vulgar e vil. Todo povo, porém, toda sociedade merece, naturalmente, o Estado que tem, e merece, portanto, seus assassinos posando de políticos, disse Reger. Violadores ordinários e estúpidos do Estado, violadores vulgares e pérfidos da democracia!, exclamou ele. Os políticos dominam por completo a cena austríaca, prosseguiu Reger, os assassinos do Estado dominam a cena austríaca por completo. A situação política do país neste momento é tão deprimente que só haveria de nos permitir noites insones, mas a situação dos austríacos é hoje igualmente deprimente em todos os demais aspectos. Quando em contato com a justiça, aí eles veem que se trata de uma justiça tão somente corrupta, vulgar e vil; à parte o fato de, nos últimos anos, os chamados *erros judiciais* se acumularem em proporções assustadoras, não se passa uma única semana sem que um processo concluído há muito tempo seja reaberto *por defi-*

ciências processuais graves e sem que a chamada *sentença original não seja revogada*; um percentual bastante elevado das sentenças proferidas pelo Judiciário austríaco nos últimos anos compõe-se dos chamados erros judiciários de natureza *política*, o que é característico dessa justiça pérfida, Reger diz. O que temos hoje na Áustria é não apenas um Estado absolutamente corrupto e *diabólico*, mas também uma justiça corrupta e *diabólica*, Reger diz. A justiça austríaca já não é crível há muitos anos, *ela não age com independência*, como deveria agir, *e sim levada por uma motivação política condenável*. Falar numa justiça independente na Áustria nada mais é que escarnecer da verdade, rir na cara dela, disse Reger. A justiça austríaca é hoje uma justiça política, e não uma justiça independente. A justiça austríaca atual converteu-se efetivamente numa justiça política e num perigo para a sociedade, Reger diz, sei bem o que estou dizendo, afirmou ele. A justiça hoje trabalha em conjunto com a política, disse Reger, basta você examinar de perto essa justiça católica nacional-socialista, estudá-la com clareza mental, Reger diz. A Áustria é hoje o país com o maior número dos chamados *erros judiciais*, e não só na Europa, mas no mundo todo, e essa é que é a catástrofe. Recorra à justiça — e eu próprio, como você sabe, já recorri muitas vezes à justiça — e você vai constatar que a justiça austríaca é uma perigosa trituradora católica e nacional-socialista de seres humanos, que não se pauta pelo que é justo, como seria exigível, e sim pelo que é injusto, e na qual impera o caos; não há justiça mais caótica na Europa que a austríaca, nem mais corrupta, pérfida e mais perigosa para a população, Reger diz, e não são os acasos da estupidez, e sim os desígnios da vileza política que hoje dominam a justiça católica e nacional-socialista da Áustria. Quando você é levado a um tribunal na Áustria, Reger diz, fica inteiramente à mercê de uma justiça caótica, católica e nacional--socialista, capaz de virar a verdade e a realidade de cabeça para baixo. A justiça austríaca, Reger diz, não é apenas arbitrária, ela é uma máquina pérfida de esmagar seres humanos, na qual o justo é triturado no moinho absurdo do injusto. E, no que se refere à cultura neste país então, disse Reger, aí é de revirar o estômago. Quanto à chamada *Arte Antiga*, ela é rançosa, exauriu-se, vendeu-se há tempos, não merece nem sequer que lhe voltemos a atenção, isso você sabe tão bem quanto eu, e, no tocante à chamada arte contemporânea, essa *não vale um tostão furado*, como se costuma dizer. A arte austríaca contemporânea é tão ruim que nem merece nossa vergonha, disse Reger. Há décadas os artistas austríacos só produzem um lixo kitsch que, na verdade, se dependesse de mim, estaria numa lixeira. Os pintores só pintam lixo, os compositores só compõem lixo, os escritores só escrevem lixo, disse ele. E o lixo supremo é aquele produzido pelos escultores austríacos, disse Reger. Os escultores austríacos produzem o maior dos lixos, e ele lhes rende o máximo reconhecimento, Reger diz, o que é típico desta nossa época estúpida. Os compositores austríacos de hoje são, em geral, nada mais que produtores idiotas de sons pequeno-burgueses a infectar com seu lixo fétido as salas de concerto. E a totalidade dos escritores austríacos não tem absolutamente nada a dizer, incapaz de escrever até mesmo aquilo que não tem a dizer. Nenhum desses escritores austríacos de hoje sabe escrever, enganam-se a si próprios com uma literatura repugnante e sentimental que é pura imitação, disse Reger; onde quer que escrevam, Reger diz, só escrevem lixo — lixo da Estíria, de Salzburgo, da Caríntia, de Burgenland, da Baixa e da Alta Áustria, do Tirol ou do Vorarlberg —, lixo que, então, descarados e ávidos de glória, varrem para dentro da capa de um livro. Sentados em seus apartamentos vienenses subsidiados, num pedaço de terra de ocasião e precisão na Caríntia ou num fundo de pátio na Estíria, escrevem seu lixo, o lixo literário acéfalo, estúpido, a fétida imitação do escritor austríaco, disse Reger, *exa-*

lando até não poder mais o fedor de sua burrice patética, Reger diz. Seus livros nada mais são que o lixo de duas ou mesmo três gerações que nunca aprenderam a escrever, porque nunca aprenderam a pensar, um lixo inteiramente estúpido, recheado de filosofices e patriotismo afetado, uma imitação é o que produzem todos esses escritores, disse Reger. Todos os livros desses, em maior ou menor grau, aproveitadores nojentos do Estado *nada mais são do que cópias*, disse Reger, não apresentam nem sequer *uma linha que não tenha sido surrupiada, uma única palavra que não tenha sido roubada*. Há décadas, essas pessoas escrevem uma literatura tão somente irrefletida, escrita apenas para agradar e publicada também apenas para agradar, Reger diz. Datilografam sua burrice abismal na máquina de escrever e, com essa burrice abismal e insípida, ganham todos os prêmios possíveis e imagináveis, disse Reger. Até mesmo Stifter foi uma figura grandiosa, disse Reger, se comparado a todos esses idiotas austríacos que escrevem hoje. Filosofices e patriotismo afetado, tão na moda hoje em dia, é o que contém o lixo que escreve essa gente, incapaz de um único pensamento original, disse Reger. O lugar adequado para seus livros nem deveria ser a livraria, e sim a lixeira, disse Reger. Assim como a lixeira é também o lugar certo para a totalidade da arte que a Áustria hoje produz. Afinal, o que exibe a Ópera ou a *Musikverein* que não seja lixo, e o que produz o cinzel desses homens violentos, brutais, de uma vulgaridade proletária, que, com prepotência verdadeiramente desavergonhada, se autointitulam escultores, o que geram eles senão lixo em mármore e granito? É terrível, meio século dessa sempre renovada mediocridade deprimente, disse Reger. Se pelo menos a Áustria ainda fosse um hospício, mas é um lar para doentes incuráveis, disse ele. Os velhos não têm nada a dizer, disse Reger, mas os jovens têm ainda menos, essa é a situação atual. E, naturalmente, todos esses fazedores de arte vão muito bem, obrigado, disse ele.

Todas essas pessoas se entopem de bolsas e prêmios, a todo momento recebem um doutorado honorário aqui, outro ali, uma medalha de honra aqui, outra ali, nós as vemos constantemente sentadas ao lado de um ministro aqui, outro ali, são recebidas num dia pelo primeiro-ministro, no outro pelo presidente do Parlamento, sentam hoje na sede do sindicato socialista, amanhã na instituição católica para a educação dos trabalhadores, e assim se deixam homenagear e sustentar. Esses artistas de hoje são uma farsa não apenas no que diz respeito a sua assim chamada obra, mas também no que se refere a sua própria vida, disse Reger. Alternam continuamente a farsa que é sua obra com a farsa que é sua vida; o que escrevem é uma farsa, o que vivem, também, disse Reger. E os escritores partem, então, nas chamadas *turnês de leitura*, atravessam toda a Alemanha, toda a Áustria e toda a Suíça, não deixam de recitar seu lixo nem mesmo nas cidadezinhas mais estúpidas, onde são homenageados e enchem os bolsos de marcos, xelins e francos, Reger diz. Nada é mais repugnante que essas chamadas *turnês de leitura*, disse Reger, não há nada que eu mais odeie, mas toda essa gente não se importa de ler por toda parte o lixo que produz. A rigor, não interessam a ninguém os textos que essas pessoas alinhavaram em suas rapinagens literárias, mas elas os recitam assim mesmo, Reger diz, apresentam-se, leem seus textos em voz alta e curvam-se diante de cada vereador idiota, de cada estúpida autoridade municipal e de cada germanista mentecapto. Saem lendo seu lixo de Flensburg a Bolzano e se deixam sustentar sem o menor escrúpulo e da maneira mais vergonhosa. Para mim, não existe nada de mais insuportável do que essas assim chamadas *leituras públicas*, disse Reger, é repugnante a pessoa sentar-se ali e ler o próprio lixo em voz alta; sim, porque o que todas essas pessoas leem não é outra coisa senão lixo. Quando mais jovens, vá lá, disse ele, mas, se mais velhos, já na casa dos cinquenta anos ou mais, é nojento. E são justamente esses escrevinhadores de meia-idade que leem seus escritos por toda parte, disse Reger, sobem em qualquer palco e sentam a uma mesa qualquer para ler seu lixo literário, sua prosa estúpida e senil, Reger diz. Mesmo quando a dentadura já se revela incapaz de segurar na boca suas palavras mentirosas, eles sobem ao palco de todo e qualquer auditório municipal e leem suas asneiras de charlatão, Reger diz. Um cantor de *Lieder* já é coisa insuportável, mas um escritor que lê sua própria produção em voz alta o é em ainda maior medida, Reger diz. Um escritor que sobe a um palco público para ler seu lixo oportunista, ainda que seja na igreja de São Paulo em Frankfurt, é um canastrão miserável, disse Reger. Canastrões oportunistas desse calibre existem em profusão, disse Reger. A Alemanha, a Áustria e a Suíça estão repletas desses canastrões oportunistas, Reger diz. Sim, sim, a consequência lógica, emendou, seria o eterno e total desespero *com tudo e acima de tudo*. Mas eu me defendo desse desespero completo. Tenho hoje oitenta e dois anos e me defendo com unhas e dentes desse desespero total *com tudo e acima de tudo*, Reger diz. Neste mundo e neste nosso tempo, em que tudo é possível, disse ele, logo nada mais será possível. Irrsigler apareceu, e Reger acenou-lhe com a cabeça, como a dizer: Você é que é feliz, ao que Irrsigler girou e tornou a desaparecer. Reger apoiava-se na bengala presa entre os joelhos quando disse: Pense bem, Atzbacher, no que significa ter a ambição de compor a sinfonia mais longa da história da música. Tamanho absurdo não ocorreria a ninguém mais, só mesmo a Mahler. Muitos dizem que ele foi o último dos grandes compositores austríacos, mas isso é ridículo. Um homem que, em sã consciência, põe um naipe de cinquenta cordas para tocar, e apenas para superar Wagner, é ridículo. A música austríaca desceu ao fundo do poço com Mahler, disse Reger. Um kitsch que visa a produzir a mais pura histeria coletiva, assim como em Klimt, disse ele. Como pintor,

Schiele é mais importante. Hoje, porém, mesmo um quadrinho kitsch de Klimt vale vários milhões de libras, disse Reger, o que é repulsivo. Schiele não é kitsch, mas naturalmente tampouco é um grande pintor. Pintores da qualidade de um Schiele, a Áustria teve vários neste século, mas, à exceção de Kokoschka, nem um único de real importância, grande de fato, por assim dizer. Por outro lado, é preciso admitir que não temos como saber o que é efetivamente grande pintura. Afinal, da chamada grande pintura, temos centenas de quadros aqui no Kunsthistorisches Museum, disse Reger, só que, com o tempo, ela não nos parece mais tão grande, *tão* importante, porque já a estudamos com rigor demasiado. Tudo que estudamos com rigor demasiado perde valor para nós, disse Reger. O melhor, portanto, é nos abstermos de estudar *com rigor* o que quer que seja. O problema é que não temos como evitar esse rigor, essa é nossa infelicidade, porque, com isso, decompomos tudo, aniquilamos tudo, e já aniquilamos quase tudo. Um verso de Goethe, disse Reger, nós o estudamos tão demoradamente que ele já não nos parece tão grandioso como antes, vai perdendo seu valor, de modo que aquilo que a princípio era possivelmente o verso mais grandioso de todos converte-se para nós, por fim, em mera decepção. Tudo aquilo que estudamos com rigor acaba, no fim, por nos decepcionar. A esses mecanismos de análise e decomposição, disse Reger, a eles me acostumei ainda moço, sem saber que seriam minha infelicidade. Até Shakespeare se desfaz completamente diante de nós, se o *estudamos* longamente; suas frases começam a nos dar nos nervos, as personagens desmoronam *antes* das peças em si e aniquilam com tudo, disse Reger. Por fim, já não sentimos prazer nenhum na arte, assim como tampouco na vida, ainda que isso seja natural, porque, com o tempo, perdemos a ingenuidade e, com ela, a burrice. Em troca, no entanto, tudo o que conquistamos é a infelicidade, disse Reger. Hoje, ler Goethe tornou-se absolutamente impossível para mim, disse Reger, ou ouvir Mozart, contemplar Da Vinci ou Giotto, não tenho mais nenhuma condição de fazer isso. Semana que vem, vou almoçar de novo com Irrsigler no *Astoria*, disse Reger; enquanto minha mulher viveu, eu ia com ela e com Irrsigler pelo menos três vezes por ano almoçar no *Astoria*, e devo isso a Irrsigler, dar continuidade a esses almoços no *Astoria*, disse ele. Pessoas como Irrsigler, nós não podemos simplesmente explorar, é preciso fazer-lhes um agrado de vez em quando. E o melhor é ir com ele almoçar no *Astoria*. Eu poderia ir mais vezes com a família dele ao Prater, mas não tenho forças para tanto, as crianças dele me agarram feito carrapichos, quase me arrancam a roupa de tanta efusividade, disse Reger. E o Prater, você sabe, me é tão repugnante, a visão de todos aqueles homens e mulheres bêbados, fazendo piadas baratas diante das barracas de tiro e dando livre curso a seu primitivismo horroroso, eu me sinto conspurcado da cabeça aos pés toda vez que vou lá. O Prater de hoje não é mais aquele da minha infância, o parque de diversões turbulento; hoje, ele é um aglomerado repulsivo de pessoas vulgares, um aglomerado de existências criminosas. O Prater todo fede a cerveja e crime, lá encontramos apenas a brutalidade e a imbecilidade de uma Viena vulgar e desavergonhada. Não se passa um dia sem que os jornais noticiem um assassinato no Prater, e todo dia um estupro, em geral vários. Na minha infância, um dia no Prater era sempre um dia alegre e, na primavera, o parque cheirava de fato a lilases e castanhas. Hoje, fede terrivelmente a perversidade proletária. O Prater, disse Reger, essa mais adorável de todas as invenções para nos divertir, é hoje tão somente uma feira ordinária da vulgaridade. Se ele fosse ainda como na minha infância, disse Reger, eu iria até lá com a família Irrsigler, mas, do jeito que é hoje, não vou, não posso me dar a esse luxo; se for ao Prater com a família Irrsigler, isso vai me destruir por semanas. Minha mãe ainda ia com os pais dela ao

Prater, iam num coche, e ela caminhava pela alameda principal num vaporoso vestido de seda. Imagens como essa, disse Reger, hoje são história, isso tudo acabou. Hoje, disse Reger, você tem de se dar por satisfeito se vai ao Prater e não leva um tiro nas costas, uma facada no coração ou, no mínimo, se não lhe roubam a carteira do bolso do casaco. Os tempos atuais são de absoluta brutalidade. Ir ao Prater com as crianças do Irrsigler, isso eu fiz uma vez, mas nunca mais. Elas se agarram em mim como carrapichos, arrancam-me as roupas e exigem a todo momento que eu as leve ao trem fantasma ou ao carrossel. Passei mal, disse Reger. Naturalmente, não tenho nada contra as crianças do Irrsigler, disse Reger, mas não as suporto. Irrsigler sozinho, ótimo, mas a família inteira, não dá. Sentar-me com Irrsigler a uma mesa de canto do Astoria, com vista para a Maysedergasse vazia, ótimo, mas ir com toda a família Irrsigler ao Prater, não dá. A cada vez, invento uma nova desculpa para não ter de ir com a família Irrsigler ao Prater. Uma visita ao Prater com a família Irrsigler é, para mim, como uma visita ao inferno. Também não suporto a voz da sra. Irrsigler, disse Reger, não aguento ouvir aquela voz. A rigor, as vozes das crianças são igualmente terríveis, pobres dessas vozes quando crescerem, disse Reger. Uma pessoa tão calma e agradável como Irrsigler, e, no entanto, uma mulher tão barulhenta como a do Irrsigler, e crianças tão barulhentas como as do Irrsigler. Uma vez ele me sugeriu que eu fosse com sua família ao campo, nas cercanias da cidade. Também esse convite recusei e me esgueiro há anos para escapar de uma tal *excursão ao campo* com a família Irrsigler. Imagine você, eu caminhando pelas cercanias de Viena com a família Irrsigler, é bem capaz de as crianças começarem a cantar, ainda por cima. Eu não aguentaria as crianças dos Irrsigler me pedindo para passear com elas pelos bosques das cercanias da cidade, a sra. Irrsigler na frente, Irrsigler atrás e, a meu lado, possivelmente de mãos dadas, as crianças dos Irrsigler. E é bem possível que a família Irrsigler me peça para cantar com ela. As pessoas simples sentem essa necessidade da natureza, de ar livre, mas eu nunca senti essa necessidade, Reger diz. Nada de mais pavoroso poderia me acontecer que ir passear com a família Irrsigler pelas cercanias de Viena e, ainda por cima, ir almoçar num restaurante ao ar livre. Já o fato de a família Irrsigler comer escalope de porco à milanesa em minha presença e encher o bucho de vinho, cerveja e suco de maçã às minhas custas me dá nojo. Ir com Irrsigler ao *Astoria*, também a mim dá prazer, não me exige dissimulação nenhuma ir almoçar com Irrsigler três vezes por ano no *Astoria*, beber uma taça de vinho, disse Reger, isso pode ser, o resto não. O Prater é absolutamente impossível, as cercanias de Viena também. Se Irrsigler tivesse ao menos um pingo de musicalidade, disse Reger, também o levaria a um concerto de vez em quando, eu até lhe daria meus ingressos de crítico, mas ele não tem a menor sensibilidade para música, é-lhe uma tortura ter de ouvir música. Qualquer outro, ainda que a música lhe fosse uma tortura, sentaria na terceira ou quarta fila da Musikverein para ouvir a *Quinta* de Beethoven, porque ali, como em parte alguma, tudo favorece a vaidade humana; mas não Irrsigler, que jamais quis ir à Musikverein, sempre se recusando com base numa simples constatação: *Não gosto de música, sr. Reger*, Reger diz. Faz três anos que a família Irrsigler espera que eu vá com ela ao Prater, disse Reger, uma vez eu disse que estava com dor de cabeça, outra, com dor de garganta, outra ainda, que estava mergulhado no trabalho ou que precisava pôr a correspondência em dia, e sempre me repugna ter de dizer essas coisas. Irrsigler sabe muito bem por que não vou com a família dele ao Prater, eu não lhe disse por quê, mas Irrsigler não é burro, disse Reger. No *Astoria*, ele sempre pede o mesmo prato, *Tafelspitz*, porque *eu* também sempre peço o mesmo, *Tafelspitz*. Espera até que eu peça meu

Tafelspitz para, em seguida, também pedir *Tafelspitz*, Reger diz. Só que eu peço água mineral para beber, ao passo que ele toma uma taça de vinho com seu *Tafelspitz*. O *Tafelspitz* do *Astoria* nem sempre é dos melhores, mas o fato é que prefiro comer *Tafelspitz* no *Astoria*. Irrsigler come devagar, isso é que é extraordinário nele. Eu mesmo como meu *Tafelspitz* tão devagar que acredito fazê-lo com lentidão ainda maior que Irrsigler, mas, por mais que eu me demore o máximo de tempo possível, Irrsigler come o seu *Tafelspitz* ainda mais devagar. Ah, Irrsigler, disse-lhe da última vez que estivemos no *Astoria*, eu lhe devo tanto, provavelmente tudo, o que ele naturalmente não entendeu. Depois da morte de minha mulher, de repente me vi sozinho; tinha por certo um monte de gente, mas nenhum ser humano, e não quis importunar você naquele meu estado terrível. Durante meio ano evitei todo e qualquer contato com as pessoas, já para escapar de suas perguntas horrorosas; *quando alguém morre, as pessoas sempre fazem aquelas perguntas terríveis, sem a menor cerimônia* e a cada oportunidade que surge; para escapar disso, eu só tinha Irrsigler. E, depois da morte de minha mulher, passei quase meio ano sem vir ao Kunsthistorisches Museum, que voltei a frequentar faz apenas meio ano, e, de início, não o fazia dia sim, dia não, como de costume, e sim uma vez por semana, no máximo. Agora, faz mais de meio ano que tornei a frequentar o Kunsthistorisches Museum dia sim, dia não. Irrsigler, que nunca me fez pergunta nenhuma, era meu único contato possível, disse Reger. Estou sempre pensando se o levo *ao Astoria* ou *ao Imperial*, a um dos melhores restaurantes de Viena enfim, mas no *Imperial* ele não se sente tão bem como no *Astoria*, Reger diz, um homem como Irrsigler não suporta a grandiosidade do *Imperial*. E o *Astoria* é bem mais discreto. Assim é que vivo esperando uma oportunidade para, de tempos em tempos, poder expressar minha gratidão a Irrsigler, que é uma pessoa tão importante para mim, disse Reger. Irrsigler possui a agradável virtude de saber ouvir, e de saber ouvir de uma maneira absolutamente discreta. Mas, se o próprio Irrsigler é para mim pessoa agradabilíssima, a família Irrsigler inteira, por outro lado, é o que há de mais desagradável. Como é que uma pessoa como Irrsigler, Reger diz, pode ter uma mulher como a Irrsigler, com aquela voz esganiçada e aquele andar de galinha? Muitas vezes a gente se pergunta, Reger diz, como é que pessoas tão completamente opostas podem se juntar. Uma mulher com uma voz tão histérica e animalesca, com um andar de galinha, e um homem como Irrsigler, tão equilibrado e agradável. E, naturalmente, os filhos dos Irrsigler herdaram quase tudo da mãe, e nada do pai. Saiu um pior que o outro, Reger diz. Os Irrsigler não tiveram sorte com os filhos, disse Reger, *embora, naturalmente, os pais sempre acreditem que tiveram muita sorte com os filhos que têm, é o que creem todos os pais.* É verdadeiramente terrível pensar no que será desses filhos dos Irrsigler, disse Reger; já hoje, quando penso em seu futuro, eu os vejo como adultos nem sequer medianos, e sim bem abaixo da média, dotados no mínimo de um caráter ambíguo. O que sempre me vem à mente é *a ideia da prole estúpida*, disse Reger, e isso é que é desagradável na família Irrsigler. Um homem excelente, um ser humano tão bem-acabado e cheio de caráter, e uma família tão malograda. Mas isso a gente vê todo dia, disse Reger. Os austríacos, oportunistas inatos, são uns hipócritas covardes, dizia ele agora, que vivem do acobertamento e do esquecimento. Não há atrocidade política, não há crime, por maior que seja, que eles não esqueçam em uma semana. O austríaco é verdadeiramente um *encobridor* inato de crimes, disse Reger, ele encobre todo e qualquer crime, mesmo o mais vil, porque, como disse, já nasce um hipócrita covarde e oportunista. Durante décadas nossos ministros perpetram crimes horrorosos e são encobertos por esses hipócritas covardes e oportunistas. Durante décadas enganam *criminosamente* e são encobertos por esses hipócritas covardes. Durante décadas a fio esses ministros austríacos inescrupulosos mentem e enganam os austríacos e, no entanto, têm suas ações acobertadas por esses hipócritas covardes. É um milagre quando, vez por outra, mandam um desses ministros criminosos e enganadores para o inferno, disse Reger, acusando-o de ter cometido crimes graves ao longo de décadas; uma semana mais tarde, porém, o caso todo cai no esquecimento, porque os hipócritas covardes já o esqueceram. O ladrão de galinha é perseguido e encarcerado pela justiça, mas o ministro que rouba milhões ou bilhões é, na melhor das hipóteses, aposentado com uma pensão gigantesca e logo esquecido, Reger diz. É de fato um milagre, Reger diz, que, agora mesmo, mais um ministro tenha sido enxotado, mas, veja você, nem bem ele foi deposto e enxotado, nem bem os jornais publicaram que roubou bilhões, nem bem escreveram que se trata de um criminoso que precisa ser levado aos tribunais, e já esses mesmos jornais o esqueceram para todo o sempre, e, por consequência, toda a opinião pública também o esqueceu. Embora o ministro devesse ser levado aos tribunais, acusado e, em consonância com o crime cometido, trancafiado *por toda a vida*, como afinal me é lícito dizer, ele na verdade desfruta de sua gorda pensão numa mansão no alto do Kahlenberg, e ninguém mais pensa em incomodá-lo. Vive *à larga* como ministro aposentado e, um dia, quando vier a morrer, ganhará um funeral e uma sepultura de honra no Cemitério Central, Reger diz, ao lado daqueles colegas ministros que, também criminosos, morreram antes. O austríaco, Reger diz, é um hipócrita covarde e oportunista inato, um acobertador inato que esquece as atrocidades e os crimes cometidos por seus ministros e por todos os demais governantes. O austríaco se acovarda a vida inteira, encobre a vida inteira as maiores atrocidades e os maiores crimes, e o faz em prol da própria sobrevivência, essa é que é a verdade, disse Reger. Os jornais apenas constatam, acusam e, naturalmente, fazem barulho, mas, oportunistas que são, logo desfazem o que fizeram e, igualmente oportunistas, esquecem o ocorrido. Descobrem e incitam, Reger diz, mas também acobertam, abafam e suprimem toda atrocidade e todo crime político. Da mesma forma como vociferaram contra o ministro afastado, fazendo-lhe as mais pesadas acusações, *acabando com ele*, como se diz, e obrigando o primeiro-ministro a demitir o ministro criminoso, os jornais logo esqueceram o tal ministro e as atrocidades e os crimes que ele de fato cometeu, Reger diz; tão logo o primeiro-ministro o demitiu, esqueceram-no. A justiça austríaca é uma justiça obediente, subjugada que foi pelos políticos austríacos, disse Reger, todo o resto é mentira. O fato de esse episódio ter sido acobertado não apenas pelo governo mas pelos jornais também, isso é que não me deixa em paz, disse Reger. Mas, como austríacos, já faz anos que não temos sossego por aqui, porque nos últimos tempos não se passa um dia sem que haja um escândalo político, e as patifarias políticas adquiriram uma proporção que, anos atrás, seria impensável, Reger afirma. No que quer que esteja pensando, esses escândalos políticos não me saem da cabeça, exasperantes. Posso me ocupar do que for, em minha mente estão sempre esses escândalos políticos, Reger diz; o que quer que esteja fazendo, são esses escândalos políticos que me vão pela cabeça, Reger diz. Toda vez que abrimos o jornal, lá está de novo um escândalo político, todo dia um escândalo envolvendo políticos deste Estado tão *mutilado a ponto de ter se tornado irreconhecível*, políticos que abusam de seu cargo, que se aliaram à criminalidade. Quando você abre o jornal, o que pensa é que está vivendo num Estado em que a atrocidade política e os crimes da política se tornaram hábito cotidiano. De início, pensei comigo que não ia me exaltar, porque neste Estado de hoje já nem há o que discutir, mas agora, neste Estado horroroso, neste Estado que diariamente nos mete medo, tornou-se de repente impossível *não* se exaltar; quando você abre o jornal logo de manhã, já se exalta automaticamente com as atrocidades e os crimes de nossos políticos. Tem automaticamente a impressão de que todos os políticos são criminosos, Reger diz, criminosos já por natureza, uma horda de canalhas. Assim, desacostumei-me nos últimos tempos à leitura do jornal logo de manhã, um hábito que cultivei durante décadas, a mim me basta agora abri-lo à tarde. Se o leitor abre seu jornal pela manhã, Reger diz, embrulha o próprio estômago logo cedo e para o dia todo e a noite também, porque se vê diante de um escândalo político cada vez maior, de uma patifaria política cada vez maior, Reger diz. Faz anos que o leitor de jornal neste país só lê sobre escândalos, os políticos nas três primeiras páginas, os demais escândalos nas páginas seguintes, mas só lê sobre escândalos, porque os jornais austríacos só falam de escândalos, patifarias e nada mais. Os jornais austríacos atingiram um nível de baixeza que é ele próprio um escândalo, disse Reger, não há no mundo jornais mais baixos, vulgares e repulsivos do que os austríacos, mas esses jornais austríacos são tão hediondos e baixos por necessidade, já que a própria sociedade austríaca, e sobretudo a sociedade política austríaca, é hedionda e baixa, tanto quanto o Estado. Nunca houve neste país uma sociedade austríaca tão hedionda e baixa, tampouco um Estado tão hediondo e baixo, disse Reger, mas ninguém neste Estado e neste país sente isso como uma vergonha, ninguém se revolta de fato contra isso, disse ele. O austríaco sempre aceitou tudo, fosse o que fosse, até mesmo a maior atrocidade e a maior baixeza, mesmo a monstruosidade mais monstruosa, Reger diz. O austríaco é tudo, menos revolucionário, porque não é um fanático pela verdade; convive há séculos com a mentira e se acostumou a ela, Reger diz; o austríaco se casou há séculos com a mentira, com toda mentira, Reger diz, e mais profunda e primordialmente com a mentira estatal. Os austríacos vivem muito naturalmente sua vida austríaca baixa e vulgar em companhia de suas mentiras estatais, disse Reger, e é isso que é repulsivo neles. O chamado austríaco adorável, Reger diz, é um oportunista calejado na montagem de armadilhas, que sempre monta suas armadilhas oportunistas por toda parte, o chamado austríaco adorável é um mestre da patifaria mais abjeta, sob essa dita amabilidade oculta-se um ser humano vil, desavergonhado e inconsiderado, que é também, *e por isso mesmo*, o maior dos mentirosos, Reger diz. Fui a vida inteira um leitor fanático de jornais, Reger diz, mas agora já me é quase impossível abrir os jornais, porque eles estão cheios de escândalos e nada mais. E, tanto quanto os jornais, também a sociedade que os imprime está assim, Reger diz. Você pode procurar por um ano inteiro e não vai encontrar uma única frase inteligente em nenhum desses jornais de merda, disse Reger. Mas quem sou eu para lhe dizer isso, a você, que afinal conhece tão bem a Áustria, disse Reger. Hoje eu acordei, pensei no escândalo do ministro, e agora não consigo tirar da cabeça esse escândalo do ministro, essa é que é a tragédia da minha cabeça, disse Reger, o fato de eu não conseguir afastar dela esses escândalos todos, e sobretudo os escândalos políticos, que vão me corroendo os miolos, essa é que é a tragédia. Penso que preciso tirar esses escândalos e essas atrocidades da cabeça, e essas atrocidades e esses escândalos vão me corroendo cada vez mais os miolos. Mas, naturalmente, me tranquiliza discutir isso tudo com você, inclusive essas atrocidades e esses escândalos políticos, todo dia, já de manhã cedo, penso em como é bom ter o Ambassador para poder discutir com você, e naturalmente não apenas os escândalos e as atrocidades, porque naturalmente há outras coisas também, coisas mais agradáveis, como a música, por exemplo, Reger diz. Enquanto eu sentir vontade de falar sobre a sonata "A tempestade" ou sobre a arte da fuga, não entrego os pontos, disse Reger. De resto, a música vive me salvando, o fato de ela seguir vivendo dentro de mim, e a música segue vivendo em mim como no primeiro dia, Reger diz. É graças à música que me salvo todo dia das atrocidades e de tudo quanto é repugnante, disse ele, assim é; todo dia, logo cedo, a música me transforma de novo num ser pensante e sensível, entende? Sim, é verdade, disse Reger, ainda que a amaldiçoemos, ainda que ela nos pareça por vezes completamente supérflua e tenhamos de dizer que não vale nada, a arte, quando a contemplamos aqui, por exemplo, nestes quadros dos chamados Mestres Antigos, pinturas que muitas vezes, e naturalmente em ainda maior medida com o passar dos anos, nos parecem cada vez mais fundamentalmente inúteis e despropositadas, nada mais que tentativas desamparadas de nos estabelecermos artisticamente na superfície da Terra — pois é ela que nos salva, justamente essa arte repulsiva e fatal, condenada, amaldiçoada e com frequência repugnante a ponto de quase vomitarmos, Reger diz. O austríaco é sempre um ser humano fracassado, disse Reger, e tem profunda consciência disso. Essa é a causa de tudo que é repugnante nele, de sua fraqueza de caráter, porque, acima de tudo quanto ele possui de repugnante, o mais repugnante no austríaco é sua fraqueza de caráter. Mas é isso que o faz também muito mais interessante que os outros, Reger diz. O austríaco é, de fato, o mais interessante de todos os europeus, porque tem tudo que os demais europeus têm e mais sua fraqueza de caráter. Isso é que é fascinante no austríaco, disse Reger, que ele já traga em si, desde o nascimento, todas as qualidades dos outros e mais sua própria fraqueza de caráter. Se vivemos a vida toda na Áustria, não vemos o austríaco como ele é de fato, mas quando, digamos, retornamos de um longo tempo fora, como aconteceu quando eu próprio voltei de Londres, aí o vemos com nitidez, aí ele não tem como nos enganar. O austríaco é um enganador genial, o mais genial dos atores, disse Reger, finge tudo, nunca é de verdade o que finge ser, esse é seu traço mais característico. O austríaco é benquisto no mundo todo, ou pelo menos tem sido até hoje, e o mundo todo se mostra, por assim dizer, louco por ele, e justamente porque ele *é o mais interessante dos europeus*, ao mesmo tempo que é também *o mais perigoso* deles. O austríaco é muito provavelmente o ser mais perigoso que há, mais perigoso que o alemão, mais perigoso que todos os outros europeus, o austríaco é sem sombra de dúvida o ser político mais perigoso que existe, foi isso que a história comprovou e que, diversas vezes, mergulhou a Europa e, na verdade, o mundo todo na mais profunda infelicidade. Por mais que o achemos interessante e singular, não podemos permitir que um austríaco, que é sempre um nazista vulgar ou um católico estúpido, assuma o leme da política, disse Reger, porque, no leme, um austríaco sempre e indubitavelmente nos conduzirá a todos rumo ao abismo total. Uma noite inteira sem dormir, sempre tomado pela maior agitação, que é o que me provocam esses escândalos políticos, prosseguiu Reger. Sim, pensei logo cedo, você vai se encontrar com Atzbacher no Kunsthistorisches Museum para lhe fazer uma sugestão, e sabe muito bem que vai lhe fazer uma sugestão inteiramente absurda, mas vai fazer a sugestão. Uma coisa ridícula, que, no entanto, é uma monstruosidade, Reger diz. Depois da morte da mulher, Reger passou dois meses sem sair de sua casa na Singerstraße, ficou seis meses sem se encontrar com ninguém após a morte dela. Durante esses seis meses entregou-se aos cuidados da governanta *ordinária e terrível*, sem ir uma única vez ao Kunsthistorisches Museum, aonde foi durante décadas com a mulher dia sim, dia não, penso comigo. A governanta cozinhava para ele e lavava sua roupa, por certo sempre *com o mais horroroso desleixo*, Reger vivia dizendo, mas, de todo modo, evitou que ele se afundasse de vez. Ao se ver de repente sozinha, uma pessoa se afunda com muita rapidez, Reger diz; durante meses, não comi mais que purê de semolina, ele diz, porque, sem tratar dos dentes, não podia mais comer carne nem legumes. A casa na Singerstraße tornou-se silenciosa e vazia, como a descreveu o próprio Reger quando tornei a encontrá-lo no Ambassador pela primeira vez desde a morte da mulher, emagrecido, pálido, apoiado na bengala e em silêncio quase o tempo todo, com os cadarços dos sapatos desamarrados, a ceroula de inverno escorregando para fora das pernas da calça. Não queremos nem seguir vivendo quando perdemos a pessoa que nos é mais próxima, disse ele na época no Ambassador, mas precisamos seguir adiante, só não nos matamos porque somos demasiado covardes para tanto, prometemos ainda à beira da cova aberta que logo vamos nos juntar a ela, mas, seis meses depois, seguimos ainda e sempre vivos, e sentimos horror de nós mesmos, disse Reger outrora no Ambassador. Sua mulher viveu oitenta e sete anos, mas poderia ter vivido muito mais que cem, se não tivesse levado um tombo, disse Reger então no Ambassador. A cidade de Viena, o Estado austríaco e a Igreja Católica são os culpados pela morte dela, disse Reger na época no Ambassador. Se a cidade de Viena, à qual pertence o caminho até o Kunsthistorisches Museum, tivesse espalhado areia no caminho que conduz ao Kunsthistorisches Museum, minha mulher não teria caído; se o Kunsthistorisches Museum, que é propriedade do Estado, tivesse chamado a ambulância de imediato, e não meia hora depois, minha mulher não teria sido levada para o hospital somente uma hora após a queda, e os cirurgiões do Hospital de Misericórdia da Ordem Hospitaleira, pertencente à Igreja Católica, não teriam arruinado a operação a que a submeteram, disse Reger outrora no Ambassador. A cidade de Viena, o Estado austríaco e a Igreja Católica são os culpados pela morte da minha mulher, disse Reger no Ambassador, pensei eu sentado ao lado dele no banco da Sala

Bordone, penso. A cidade de Viena não esparrama areia no caminho até o Kunsthistorisches Museum num dia em que ele está coberto por uma camada de gelo escorregadio, o Kunsthistorisches Museum só chama a ambulância depois de instado repetidas vezes a fazê-lo, os cirurgiões do Hospital da Ordem Hospitaleira arruínam a operação, e, no fim, minha mulher morre, disse Reger no Ambassador. Perdemos a pessoa que mais amamos neste mundo por negligência da cidade de Viena, por negligência do Estado austríaco e por uma falha grosseira da Igreja Católica, disse Reger então no Ambassador. Perdemos a pessoa mais importante para nós porque cidade, Estado e Igreja procederam de forma negligente e vulgar, disse Reger outrora no Ambassador. Morre-nos a pessoa com quem compartimos nossa vida durante quase quarenta anos, sempre com a maior naturalidade, com respeito e amor, e morre porque cidade, Estado e Igreja foram negligentes e vis, disse Reger outrora no Ambassador. Morre-nos a única pessoa que tínhamos porque cidade, Estado e Igreja agiram com negligência e vileza, disse Reger outrora no Ambassador. Somos de súbito abandonados pela única pessoa que, a rigor, tínhamos, e isso porque cidade, Estado e Igreja atuaram de forma desatinada e irresponsável, disse Reger outrora no Ambassador. De repente, somos apartados da pessoa a quem, *a rigor, devemos tudo* e que efetivamente nos deu tudo, disse Reger outrora no Ambassador. Subitamente, vemo-nos em casa sozinhos, sem ela, que durante décadas nos manteve vivos com o máximo cuidado, e isso porque cidade, Estado e Igreja Católica cometeram crime de negligência, disse Reger outrora no Ambassador. De repente, estamos à beira da cova aberta daquela sem a qual nunca imaginamos viver, disse Reger outrora no Ambassador, penso comigo. A cidade de Viena, o Estado austríaco e a Igreja Católica são os culpados por eu estar sozinho agora e por ter de permanecer sozinho para o resto da vida, disse Reger outrora no Ambassador. A pessoa que sempre foi saudável e que tinha todas as qualidades imagináveis de uma pessoa inteligente *e* de uma mulher inteligente, que foi de fato a mais afetuosa em toda a minha vida, morre, e morre apenas porque a cidade de Viena não esparramou areia no caminho até o Kunsthistorisches Museum, apenas porque o Kunsthistorisches Museum, que pertence ao Estado, não chamou a ambulância a tempo e porque os cirurgiões do Hospital da Ordem Hospitaleira arruinaram a operação, disse Reger outrora no Ambassador. Minha mulher poderia ter vivido mais de um século, estou convencido disso, caso a cidade de Viena tivesse mandado espalhar areia no caminho para o Kunsthistorisches Museum, disse Reger outrora no Ambassador. Com certeza, ainda estaria viva, se o Kunsthistorisches Museum tivesse chamado a ambulância a tempo e se os cirurgiões do Hospital da Ordem Hospitaleira não tivessem arruinado a operação. A rigor, eu nunca mais deveria pôr os pés no Kunsthistorisches Museum, Reger disse, depois de voltar ali sete meses após a morte da mulher. Agora espalham areia no caminho para o museu, agora que minha mulher está morta, disse Reger. Levaram-na justamente para o Hospital de Misericórdia da Ordem Hospitaleira, justamente um hospital do qual nunca ouvi falar nada de bom, Reger diz. Todos esses hospitais que têm "misericórdia" no nome me são profundamente repugnantes, Reger diz. Abusam da palavra "misericórdia" como de nenhuma outra, disse Reger. Os hospitais de misericórdia são os menos misericordiosos que conheço, Reger diz, afinal neles imperam em geral apenas a incompetência e a cobiça, ao lado de uma hipocrisia religiosa absolutamente vil e vulgar, disse Reger outrora no Ambassador. Agora só me restou o Ambassador, disse Reger outrora no Ambassador, este meu cantinho ao qual me acostumei ao longo de décadas. Tenho dois lugares para onde posso fugir, quando não sei mais o que fazer, disse Reger outrora no Ambassador, este meu cantinho aqui no Ambassador e o banco no Kunsthistorisches Museum. Mas sentar-me aqui absolutamente sozinho, neste canto do Ambassador, é terrível também, disse Reger outrora no Ambassador. Sentar-me aqui era um de meus hábitos preferidos, mas ao lado de minha mulher, e não sozinho, não ficar sentado sozinho aqui, meu caro Atzbacher, disse Reger outrora no Ambassador, e igualmente terrível é sentar-me sozinho no banco da Sala Bordone do Kunsthistorisches Museum, onde me sentei com minha mulher por mais de três décadas. Quando caminho por Viena, penso o tempo todo que a cidade de Viena é culpada da morte de minha mulher, e que o Estado austríaco é culpado da morte dela, e que a Igreja Católica é culpada também, posso andar por onde quiser e quando quiser que esse pensamento não me sai da cabeça, Reger diz. Cometeram um crime contra mim, um crime que é uma monstruosidade municipal, estatal, católica e eclesiástica, contra o qual nada posso fazer, isso é que é terrível, Reger diz. A rigor, disse ele outrora no Ambassador, morri também, e no momento mesmo em que minha mulher morreu. A verdade é que me sinto como um morto, um morto que ainda tem de viver. Esse é meu problema, disse Reger outrora no Ambassador. Minha casa está vazia, acabou-se, disse Reger diversas vezes outrora no Ambassador. Ao longo desses vinte anos, só estive duas vezes na casa de Reger na Singerstraße, um apartamento de dez ou doze cômodos num edifício da virada do século que agora, com a morte da mulher, é de propriedade dele. Repleto de móveis da família da mulher, o apartamento de Reger na Singerstraße é um exemplo perfeito do chamado Jugendstil, porque em suas paredes verdadeiramente amontoam-se quadros de Klimt, Schiele, Gerstl e Kokoschka, *todos eles, quadros que minha mulher apreciava muitíssimo*, Reger disse certa vez, *mas que, a mim, sempre me repugnaram profundamente*. Cada cômodo desse apartamento de Reger na Singerstraße foi, de fato, transformado numa obra de arte *por um famoso entalhador eslovaco* da virada do século, *e de fato não creio, Atzbacher, que haja outra casa em Viena na qual a arte eslovaca em madeira se mostre tão bem-sucedida, realizada com tamanha destreza e com um padrão de qualidade tão elevado.* Reger, como ele próprio vive dizendo, não aprecia nem um pouco o chamado Jugendstil, que detesta, *porque todo o Jugendstil nada mais é que kitsch*; por certo, desfrutava, como ele sempre disse, *do conforto do apartamento* da mulher na Singerstraße, *da acertada proporção de seus cômodos*, sobretudo das dimensões de seu próprio gabinete de trabalho, mas, como disse, não sendo ele absolutamente um apreciador do kitsch do chamado Jugendstil, gostava não de sua decoração, e sim *do conforto dos cômodos da Singerstraße*, que sempre lhe pareceram *ideais para nós dois.* Quando estive pela primeira vez no apartamento dos Reger na Singerstraße, sua mulher tinha viajado para Praga, e Reger me recebeu e me conduziu brevemente pela casa toda, *é aqui que eu existo*, disse na época, *veja, aqui, nestes cômodos que muito me agradam, embora estes móveis horrorosos e desconfortáveis não sejam nem um pouco do meu gosto.* Tudo aqui é do gosto de minha mulher, não do meu, disse ele então, e quando eu olhava para os quadros nas paredes, ele só dizia: *Ah, acho que é um Schiele, ah, acho que é um Klimt, ah, acho que é um Kokoschka. A pintura da virada do século é puro kitsch, não me interessa*, disse ele várias vezes, *ao passo que minha mulher sempre se sentiu atraída por ela, não propriamente fascinada, mas atraída, esse é o termo correto*, disse Reger na época. *Schiele, talvez, mas Klimt não, Kokoschka sim, Gerstl não*, comentou. *Supostamente de Loos, ou supostamente de Hoffmann*, ele respondia quando eu perguntava se certa mesa não era de Adolf Loos ou determinada cadeira, de Josef Hoffmann. Você sabe, disse Reger na ocasião, essas coisas que em determinado momento são consideradas modernas sempre me repugnaram, e Loos e Hoffmann são tão modernos hoje em dia que *já isso naturalmente me repugna*. Schiele e Klimt, então, exponentes do kitsch, esses são considerados os mais modernos de todos, e é por isso que a rigor sinto tanta repulsa por Klimt e Schiele. As pessoas hoje ouvem sobretudo Webern, Schönberg, Berg e seus imitadores, mas também ouvem Mahler, e isso me repugna. Tudo que está na moda sempre me repugnou. É provável que eu sofra também do que chamei de *egoísmo artístico*, disse ele, tudo que diz respeito à arte eu quero ter só para mim, quero ser o único possuidor de meu Schopenhauer, de meu Pascal, de meu Novalis e daquele a quem amo mais profundamente, Gógol, *só eu, sozinho*, quero ser possuidor desses produtos da arte, dessas insolências artísticas geniais, quero ser *o único* possuidor de Michelangelo, Renoir, Goya, disse Reger, não suporto que, além de mim, outros sejam igualmente possuidores das criações desses artistas e que delas desfrutem, já a ideia de que, além de mim, alguém mais possa meramente apreciar Janáček, Martinů, Schopenhauer ou Descartes é-me insuportável, mal consigo suportar uma coisa dessas, *quero ser o único, o que é naturalmente uma postura horrorosa*, disse Reger outrora. *Sou um pensador possessivo*, disse Reger outrora em seu apartamento. *Gostaria muito de acreditar que Goya pintou apenas para mim, que Gógol e Goethe escreveram apenas e tão somente para mim, que Bach compôs só para mim.* Mas, como isso é uma falácia, além de uma patifaria sem tamanho, sou sempre a rigor um homem infeliz, você com certeza compreende, disse Reger outrora. Ainda que seja absurdo, disse Reger outrora, quando leio um livro, tenho de todo modo a sensação e a ideia de que ele foi escrito para mim; quando contemplo um quadro, tenho a mesma sensação e a mesma ideia de que ele foi pintado para mim, e também a composição musical que ouço terá sido composta apenas para mim. O que então leio, ouço e contemplo é naturalmente um grande equívoco, mas eu o faço com um prazer muito grande, disse Reger outrora. Aqui nesta cadeira, disse Reger na época, apontando para uma *assim chamada cadeira Loos, horrorosa, aliás projetada e construída em Bruxelas*, apresentei a minha mulher, há trinta anos, a arte da fuga. *A cadeira Loos horrorosa* segue ainda e sempre no mesmo lugar. E aqui, neste *banco Loos horroroso* — Reger convidara-me a sentar no tal *banco Loos horroroso*, a uma janela que dava para a Singerstraße —, li Wieland para ela durante um ano inteiro, *Wieland, o grande subestimado da literatura alemã, o Wieland a quem Goethe maltratou até que ele partisse de Weimar, no que Schiller*, Reger diz, *desempenhou papel asqueroso*. Passado um ano, minha mulher era *especialista em Wieland, passado apenas um ano!*, exclamou Reger outrora. E ali, naquele banquinho tão horroroso quanto desconfortável, também ele supostamente desenhado por esse Loos *insuportável e patético*, minha mulher sentava-se em 1966 e 1967, entre uma e duas da manhã, para ler para mim toda a obra de Kant. De início, tive enorme dificuldade para introduzi-la no mundo da literatura, da filosofia e da música, disse Reger outrora. É claro que literatura sem filosofia, ou vice-versa, e filosofia e literatura sem música, ou vice-versa, são inconcebíveis, disse ele, levou anos até que minha mulher compreendesse isso, disse Reger outrora no apartamento da Singerstraße. Com ela, precisei começar bem do começo, embora, por sua própria origem, minha mulher já fosse uma pessoa cultíssima quando a conheci. *No início, achei que seria impossível vivermos juntos, mas nossa convivência acabou dando certo*, Reger diz, *porque minha mulher naturalmente se submeteu*, o que constituía, afinal, pré-requisito necessário para nossa vida em comum, uma vida que, por fim, eu podia caracterizar como ideal. Uma mulher como a minha só tem dificuldade para aprender nos primeiros anos; depois, passa a aprender com facilidade crescente, Reger diz. Foi nesse *banqui-*

151

nho Loos desconfortável e horroroso que ela viu a luz da filosofia, por assim dizer, disse Reger outrora no apartamento da Singerstraße. Avançamos durante anos pelo caminho errado no esclarecimento de uma pessoa, até que, de um momento para outro, *avistamos* o certo, e, daí em diante, tudo acontece com muita rapidez, desse ponto em diante minha mulher começou a compreender tudo muito depressa, mas naturalmente eu ainda teria podido com certeza seguir trabalhando nela por anos, quando não décadas, disse Reger outrora no apartamento da Singerstraße. Escolhemos uma mulher e não sabemos por que a escolhemos, decerto não apenas para que ela viva nos apoquentando com sua prepotente solicitude doméstica, à maneira própria das mulheres, disse Reger outrora no apartamento da Singerstraße; nós a escolhemos porque queremos ensinar a ela o verdadeiro valor da vida, esclarecê-la sobre o que a vida pode ser, *quando levada intelectualmente.* Não podemos, é natural, incorrer no erro de querer martelar essa intelectualidade na cabeça de uma tal mulher, como tentei fazer de início e no que só podia fracassar; também aí é a cautela que conduz ao objetivo, disse Reger outrora no apartamento da Singerstraße. Tudo que minha mulher amava antes de eu conhecê-la ela deixou de amar depois que a esclareci, à exceção dessa histeria juvenil do chamado Jugendstil, essa arte kitsch e repulsiva, essa aberração nojenta do gosto que configura o Jugendstil; aí, eu não tinha a menor chance. Mas, com o tempo, naturalmente consegui exorcizar dela a literatura errada, isto é, aquela sem nenhum valor, e a música errada e sem valor, disse Reger, além de ter lhe apresentado *porções fundamentais da filosofia universal.* A mente feminina é a mais refratária que há, disse Reger outrora no apartamento da Singerstraße, acreditamos que ela é acessível, mas na verdade não é. Minha mulher fez tantas viagens despropositadas antes de se casar comigo, disse Reger então, viagens que, com o tempo, parou de fazer; como a

152

maioria das mulheres de hoje, tinha aquela mania de viajar, um dia em cada lugar é seu lema, e a rigor não vivem nada, não veem nada, trazem de volta para casa tão somente os bolsos vazios. Depois do nosso casamento, não viajou mais, Reger diz, passou a fazer somente *as viagens intelectuais* nas quais embarcávamos juntos, rumo a Schopenhauer, a Nietzsche, a Descartes, Montaigne, Pascal, viagens que sempre duravam anos, Reger diz. Veja aqui, disse ele outrora no apartamento da Singerstraße, sentando-se numa poltrona que era *uma poltrona Otto Wagner horrorosa*; sentada nesta *poltrona Otto Wagner horrorosa*, minha mulher me confessou que, embora eu tivesse passado um ano lhe dando aulas sobre Schleiermacher, ela não entendia Schleiermacher. Como, porém, no curso dessas aulas sobre Schleiermacher ela própria me tivesse feito perder o gosto por Schleiermacher, de modo que de repente eu não tinha mais nenhum interesse em Schleiermacher, tudo que fiz foi tomar conhecimento do fato de que ela não havia compreendido Schleiermacher e parar de me ocupar dele; um filósofo assim, que nossa mulher não compreende, temos simplesmente de deixar de lado, como se diz, sem nenhum escrúpulo, e seguir adiante. Comecei de pronto a lhe falar de Herder, o que nós dois sentimos como um alívio, disse Reger outrora no apartamento da Singerstraße. Depois da morte de minha mulher, pensei que me mudaria de nosso apartamento, mas acabei não me mudando, simplesmente porque estou velho demais para isso. Uma tal mudança está acima de minhas forças, Reger diz. Naturalmente, ele diz, dois cômodos me bastariam, mas, quando não podemos mais nos mudar, precisamos nos conformar com os dez ou doze que temos, como no apartamento da Singerstraße. Tudo neste apartamento me lembra minha mulher, disse ele, para onde quer que eu olhe, lá está ela, de pé ou sentada, vindo de um ou outro cômodo em minha direção, é terrível, ainda que ao mesmo tempo de cortar o coração, sim, efetivamente de cortar o coração, disse Reger. Quando estive pela primeira vez no apartamento da Singerstraße, sua mulher ainda vivia, e Reger me disse, olhando para a rua lá embaixo, você sabe, Atzbacher, não há nada que eu tema mais do que ser de repente abandonado por minha mulher, ficar sozinho, a coisa mais terrível que pode me acontecer é ela morrer e me deixar sozinho. Mas minha mulher é saudável e vai sobreviver a mim por muitos anos, disse-me ele outrora. Quando amamos uma pessoa tão profundamente como amo minha mulher, não conseguimos imaginar sua morte, não suportamos nem pensar nisso, disse Reger outrora. Da segunda vez que estive no apartamento da Singerstraße, fui buscar um velho Spinoza que Reger adquirira para mim por um preço mais em conta que o normal, ou seja, não o comprara numa livraria oficial, e sim *no comércio ilegal*; logo que cheguei ao apartamento da Singerstraße, ele me fez sentar na primeira cadeira disponível, também ela uma *horrível cadeira Loos*, e desapareceu em sua biblioteca para, logo em seguida, retornar com um livro contendo frases de Novalis. Vou ler frases de Novalis para você durante uma hora, ele me disse, e, de fato, tendo me obrigado a permanecer sentado naquela *horrível cadeira Loos*, ele, de pé, pôs-se a ler por uma hora frases de Novalis para mim. Novalis, eu amei desde o princípio, disse ele uma hora mais tarde, depois de fechar o livro com as frases de Novalis, e o amo ainda hoje. Novalis é o escritor que sempre amei na vida, sempre com a mesma devoção, aquele que amei como a nenhum outro. Com o tempo, todos os outros acabaram por mais ou menos me dar nos nervos, me decepcionaram profundamente, revelaram-se absurdos, despropositados ou, com frequência, em última instância irrelevantes e imprestáveis, mas com Novalis não aconteceu nada disso. Nunca acreditei que pudesse amar um escritor que fosse ao mesmo tempo um filósofo, mas amo Novalis, sempre o amei e seguirei amando Novalis no futuro com a mesma devoção com que sempre o amei, disse Reger outrora. Todos os filósofos envelhecem com o tempo, Novalis não, disse Reger outrora. Mas é singular que minha mulher não tenha desenvolvido nem sequer uma predileção por ele, nem ao menos uma *predileção*, ao passo que eu sempre o amei *de corpo e alma*. Com o passar do tempo, logrei convencê-la de muita coisa, mas não consegui convencê-la a amar Novalis, embora Novalis fosse justamente aquele que mais tinha a lhe dar, disse Reger. De início, ela se recusou a vir comigo ao Kunsthistorisches Museum, Reger dizia agora, debateu-se com todas as suas forças, por assim dizer, mas terminou por me acompanhar e frequentar o museu com a mesma regularidade que eu, e estou convencido de que, tivesse ela sobrevivido a mim, e não eu a ela, como é o caso, minha mulher faria como eu agora, que venho ao museu sozinho, sem ela: também ela viria ao Kunsthistorisches Museum sozinha, sem mim. Reger tornou a olhar para o *Homem de barba branca* e disse: Quarenta anos depois do fim da guerra, a situação na Áustria torna a descer ao fundo moralmente mais sombrio do poço, isso é que é deprimente. Um país tão bonito, disse ele, e este lamaceiro moral fundo como um abismo, disse ele, um país tão bonito e esta sociedade absolutamente brutal, vulgar e autodestrutiva. O terrível é apenas que só possamos ser espectadores perplexos dessa catástrofe, sem poder fazer nada contra ela, Reger diz. Ele contemplava o *Homem de barba branca* e disse: Dia sim, dia não, vou ao túmulo de minha mulher, ou seja, quando não venho ao Kunsthistorisches Museum, vou visitar o túmulo de minha mulher, fico de pé ali por meia hora e não sinto nada. Isso é que é o mais curioso, o fato de eu pensar quase o tempo todo só na minha mulher e, uma vez à beira do túmulo, não sentir nada que tenha a ver com ela. De pé ali, de fato não sinto nada que tenha a ver com ela. Posto-me ali de pé, e efetivamente não sinto nada que tenha a ver com ela. Somente quando torno a me afastar é que volto a sentir medo por ela ter me abandonado. Vou até seu túmulo para me sentir perto dela, é o que sempre acredito, mas, de pé à beira do túmulo, não sinto absolutamente nada que tenha a ver com ela. Começo a arrancar o mato que cresce ali, olho para o chão, mas não sinto nada. E, no entanto, transformei num hábito essa minha ida dia sim, dia não ao túmulo de minha mulher, que, afinal, um dia será também o meu, Reger diz. Quando penso nos horrores que experimentei quando do sepultamento dela, disse ele, ainda hoje passo mal. Diversas vezes a gráfica que encarreguei de imprimir o anúncio de falecimento o imprimiu errado, o texto com letras ora grossas demais, ora finas demais, ora com vírgulas de mais, ora com vírgulas de menos, disse ele, toda vez que pedia para ver a prova estava tudo errado, efetivamente uma coisa desesperadora. No auge do desespero, disse ao tipógrafo que havia feito um modelo exato do anúncio, mas que a prova nunca se atinha a minhas especificações, que estava sempre errada. Ao que o tipógrafo me respondeu que *ele* era quem sabia como fazer um anúncio fúnebre, *e não eu*, que *ele* era quem sabia como compô-lo para impressão, *e não eu*, e que *ele* era quem sabia onde iam as vírgulas, *e não eu*. Mas não lhe dei sossego até, por fim, receber em mãos exatamente o anúncio fúnebre que queria; só que, para tanto, precisei ir cinco vezes à gráfica, disse Reger, até obter o anúncio fúnebre conforme eu o havia solicitado. Os tipógrafos são pessoas pedantes, que seguem afirmando estar com a razão mesmo quando já entenderam, e faz tempo, que estão errados. Com eles, é melhor você não se meter, porque logo se revoltam e ameaçam jogar tudo fora, caso você não se curve à tacanhez deles. Só que nunca me curvei aos tipógrafos, Reger diz. O anúncio fúnebre compunha-se de uma única frase, ele diz, contendo apenas local e data da morte da minha mulher, e, no entanto, precisei ir cinco vezes à gráfica e ainda tive de me meter com o tipógrafo. Minha mulher não queria anúncio fúnebre nenhum, isso eu já havia discutido com ela, mas, por fim, mandei imprimir os anúncios fúnebres, Reger diz, só que não enviei nenhum, porque de repente, quando quis enviá-los, pareceu-me sem sentido fazê-lo. Mandei pôr apenas uma frase curta no jornal, anunciando justamente que minha mulher tinha morrido, disse Reger. As pessoas fazem extravagâncias pavorosas quando alguém morre, eu me ative à maior simplicidade possível, Reger diz, embora hoje não saiba se agi direito, tenho constantes dúvidas a esse respeito, dúvidas que me assaltam todo dia desde a morte da minha mulher, não passa um dia sem que eu as tenha, o que, com o tempo, é desgastante, Reger diz. No que se refere ao espólio, não houve a menor dificuldade, porque ela me nomeou em testamento, por assim dizer, seu *herdeiro universal*, assim como, de minha parte, também a nomeei em meu testamento minha *herdeira universal*. Uma morte assim, por mais profundamente que nos atinja e mesmo que acreditemos que vai de fato nos sufocar, também tem seu lado risível, Reger diz. Afinal, o terrível sempre é também ridículo, ele diz. A rigor, o sepultamento de minha mulher não foi apenas simples, foi também efetivamente deprimente, disse Reger. Queremos um enterro simples, com o mínimo possível de pessoas, disse Reger, e acabamos por fazer nada mais que um enterro deprimente. Sem música, dizemos, sem discursos, dizemos, e pensamos ter, assim, arranjado a cerimônia mais simples, porque dessa forma sobreviveremos melhor a ela, e, no entanto, ela nos deprime profundamente, Reger diz. Sete ou oito pessoas, no máximo, apenas as mais próximas de fato, se possível nenhum parente, só mesmo os mais íntimos, pensamos, e então vêm apenas essas pessoas mais íntimas, às quais pedimos ainda *sem flores*, *nada*, e tudo é então muito deprimente. Caminhamos atrás do caixão e tudo é deprimente. Tudo é muito rápido, não dura nem quarenta e cinco minutos, mas nos deprime, e acreditamos ter ficado ali uma eternidade, disse Reger. Vou ao túmulo da minha mulher e não sinto coisa nenhuma. Em casa, até hoje choro pelo menos uma vez por dia, disse ele, quer você creia quer não, mas à beira do túmulo não sinto coisa nenhuma. De pé ali, arranco um pouco de grama, faço esses movimentos nervosos e ridículos, que sei doentios e voltados apenas a me acalmar os nervos, e olho para os outros túmulos, todos de mau gosto, um pior que o outro, Reger diz. Nos cemitérios, constatamos de forma absolutamente brutal a extrema falta de gosto da humanidade. Em nosso túmulo, só cresce grama, Reger diz, não há nome nenhum, isso combinei com minha mulher. Nenhuma inscrição, nada. Os pedreiros desfiguram os cemitérios, e os chamados artistas plásticos coroam-nos por toda parte com seu kitsch, disse Reger. Mas, naturalmente, do túmulo de minha mulher tem-se uma vista magnífica de Grinzing e do Kahlenberg, logo atrás. E do Danúbio mais abaixo. O túmulo localiza-se num ponto tão elevado que, dele, você vê toda Viena lá embaixo. Por certo, tanto faz onde a pessoa é enterrada, mas, se ela já é *possuidora de um túmulo que será seu enquanto o cemitério existir*, como eu e minha mulher, então é nesse seu túmulo que ela deve ser enterrada. Eu gostaria de ser enterrada *em qualquer parte, menos no Cemitério Central*, minha mulher dizia com frequência, Reger diz, e tampouco eu gostaria de ser enterrado ali, embora em última instância, como já disse, não faça diferença nenhuma onde a pessoa é enterrada. Meu sobrinho de Leoben, o único parente que ainda possuo, disse Reger, sabe que não quero ser enterrado no Cemitério Central, e sim *no meu túmulo, aquele que será propriedade minha enquanto o cemitério existir*, Reger diz, mas, se eu morrer a mais de trezentos quilômetros de Viena, então, naturalmente, que me enterrem *ali mesmo; se eu morrer dentro de um raio de trezentos quilômetros, em Viena, do contrário, no próprio local*, foi o que disse a meu sobrinho de Leoben; e ele vai fazer conforme lhe pedi, Reger diz, porque é meu herdeiro. Então, contemplando o *Homem de barba branca*, ele disse: Há um ano, pouco antes da morte da minha mulher, eu ainda gostava de caminhar uma horinha pelas ruas de Viena, mas agora não tenho mais vontade de fazê-lo. A morte dela me debilitou bastante, não sou mais o mesmo de antes de ela morrer. E a própria Viena se tornou tão feia, disse. No inverno, penso que a primavera haverá de me salvar, e, na primavera, que o verão vai me salvar, e, no verão, imagino que será o outono a me salvar, e, no outono, o inverno, é sempre a mesma coisa, a cada estação do ano deposito minhas esperanças na estação seguinte. Essa, porém, é naturalmente uma característica infeliz, uma característica que me é inata, nunca digo: *Que bom, o inverno chegou, é a estação certa para você, assim como nunca digo que a primavera é a estação certa para mim, ou que o outono o será ou o verão, e assim por diante.* Sempre empurro a culpa por minha infelicidade para a estação na qual *preciso* viver, *essa* é que é minha infelicidade. Não sou daqueles que usufruem do presente, aí é que está, sou daqueles infelizes que usufruem do passado, essa é que é a verdade, que sentem o presente sempre e apenas como uma ofensa, essa é que é a verdade, disse Reger, sinto o presente como uma ofensa e uma impertinência, essa é minha infelicidade. Mas, naturalmente, não é bem assim, disse Reger, porque afinal também sou capaz de ver o presente como ele é, e naturalmente ele nem sempre é apenas infortúnio, nem sempre traz infelicidade, isso eu sei, assim como sei que a lembrança do passado nem sempre traz felicidade. Um grande infortúnio é também o fato de eu não ter um médico em quem possa confiar, já tive tantos médicos na vida, mas, em última instância, nunca confiei em nenhum deles, todos acabaram por me decepcionar, disse Reger. Eu me sinto completamente fragilizado e tenho a todo momento a sensação de estar sucumbindo. Quando digo que *vou ter um ataque*, acredito de fato que vou ter um ataque, mesmo que já tenha dito isso milhares de vezes, disse Reger, dá-me nos nervos dizer a todo momento que *vou ter um ataque* e não ter o ataque. Também na sua presença, disse-me Reger, muitas vezes já disse acreditar que vou ter um ataque, e, no entanto, não tive, mas não o digo por hábito, de modo algum, e sim *porque tenho de fato a sensação de que vou ter um ataque*. Fisicamente, nada mais em mim está em ordem, disse Reger. Tivesse eu um bom médico, mas não tenho. Na Singerstraße, teria à disposição quatro clínicos gerais e dois especialistas, mas nenhum deles vale coisa alguma. Estou tão mal dos olhos que logo não vou enxergar mais nada, mas não tenho um bom oftalmologista. Naturalmente, não vou a médico nenhum também porque tenho medo de que algum médico *confirme minha suspeita de que estou com uma doença fatal*. Estou há anos com uma doença fatal, isso eu sempre disse inclusive a minha mulher, disse Reger, tinha certeza de que *morreria primeiro, e não ela*, mas, no fim, e em razão de todas aquelas circunstâncias terríveis, foi *ela* que acabou morrendo antes de mim; a vida inteira tive muito medo dos médicos. Um bom médico é a melhor coisa que podemos ter, disse Reger, mas quase ninguém tem um bom médico, estamos sempre às voltas com diletantes e charlatões, disse ele, e quando cremos ter encontrado um bom médico, ele é ou velho demais ou jovem demais, ou entende alguma coisa de medicina moderna mas não tem experiência, ou tem experiência mas não entende nada de medicina moderna, assim é, disse Reger. O ser humano precisa urgentemente de um médico para o corpo e outro para a mente, mas não encontra nenhum dos dois, passa a vida inteira à procura de um bom médico para o corpo e de um bom médico para a mente, mas não encontra nenhum dos dois, essa é que é a verdade. Sabe o que me responderam os médicos do Hospital da Ordem Hospitaleira, quando eu lhes disse que eram culpados pela morte da minha mulher e que carregavam sua morte na consciência? Responderam que *a hora dela chegou*, essa frase banal foi sua resposta, e não apenas do médico que arruinou a operação: todos os médicos do Hospital da Ordem Hospitaleira me disseram essa frase banal, *a hora dela chegou, a hora dela chegou, a hora dela chegou*, repetiam sem cessar, como se essa fosse sua resposta-padrão, Reger diz. Quando dispomos de um médico em quem temos confiança e sob cujos cuidados nos sentimos seguros, disse Reger, aí temos o que há de mais importante na velhice, mas não dispomos de um médico assim. Agora, já nem procuro mais esse médico, porque me é indiferente quando vou morrer, qualquer momento serve, mas, como todo mundo, quero a morte mais rápida e, ao mesmo tempo, a mais indolor possível. Minha mulher sofreu apenas uns poucos dias, disse Reger, *sofreu dois ou três dias e passou mais dois ou três dias em coma*, disse. As pessoas queriam enterrá-la num belo vestido, mas pedi apenas que a embrulhassem num lençol limpo de linho, Reger diz. O funcionário que tratou do enterro cumpriu muitíssimo bem sua tarefa. É bom quando tratamos *pessoalmente* de tudo que se relaciona com o enterro, porque aí não nos sobra tempo nenhum para ficarmos sentados em casa à espera de que o desespero nos sufoque. Passei oito dias circulando por Viena para tratar dos assuntos relacionados ao sepultamento, ia de um lado a outro, de repartição em repartição, Reger diz, ocasião em que voltei a travar contato com o Estado em toda a sua brutalidade burocrática. As repartições que temos de visitar em Viena, quando se trata de um funeral, ficam bem longe uma da outra, e a gente precisa de no mínimo uma semana inteira para arranjar todo o necessário para o enterro. Sempre e por toda parte disse que queria *apenas um enterro muito simples* para minha mulher, o que nunca entenderam, porque, afinal, como bem sei, todos querem sempre um enterro suntuoso. Quanto de minhas forças não custou conseguir *enfim um enterro muito simples*, disse Reger. Somente o funcionário em Währing me entendeu, foi o único que compreendeu quando eu disse que queria *um enterro simples*, que não estava querendo um enterro barato, como entenderam os outros, e sim um enterro *simples*, todos os demais entenderam que eu queria *um enterro barato, quando eu disse simples*, só o funcionário de Währing entendeu de imediato quando eu disse que queria *um enterro simples, e que isso queria dizer simples mesmo, e não barato*. Ninguém acredita como podem ser burras de fato essas pessoas que a gente encontra nas diversas repartições públicas, disse Reger. Eu não acreditei que chegaria a ver este inverno, menos ainda que sobreviveria a ele, dizia Reger agora. O fato é que existi este ano todo num estado de completo desinteresse; à parte meu compromisso com os concertos e, portanto, minhas pequenas obras de arte para o *Times*, nada mais me interessou desde a morte da minha mulher; a verdade é que, durante meses, ninguém, nem mesmo você, disse Reger, despertou em mim nenhum interesse. Não li quase nada, não saí de casa, a não ser para ir aos concertos, e justamente nesse último ano os concertos nem sequer valeram a pena, tampouco naturalmente minhas pequenas obras de arte para o *Times*. Vez por outra, me pergunto *por que ainda escrevo de Viena para o Times*, se aqui, nesta Viena acéfala também no terreno da música, instalou-se uma decadência que é verdadeiramente de dar medo, nada de extraordinário se oferece nem na Konzerthaus nem na Musikverein, os concertos vienenses perderam sua singularidade faz muito tempo, tudo aquilo que se ouve aqui pode-se ouvir muito antes em Hamburgo, Zurique ou Dinkelsbühl, disse Reger. Minha vontade de escrever é a maior possível, mas os concertos que Viena apresenta são cada vez piores. O fanático frequentador de concertos que fui, isso não sou mais faz muito tempo, disse ele, *fanático pela música, sim, mas não mais pelos concertos*, é-me de resto cada vez mais custoso ir à Musikverein ou à Konzerthaus, já não me é nem um pouco fácil ir a pé, de táxi não vou, e na Singerstraße não passa nenhum bonde para lá. Além disso, nos últimos tempos, o público que frequenta a Konzerthaus, assim como o da Musikverein, tornou--se muito vulgar e provinciano, sou obrigado a dizer, é agora um público insensível, há muitos anos deixou de ser um público especializado, o que é lamentável. Foram-se definitivamente os tempos em que o cantor dos cantores, George London, interpretava *Don Giovanni* na Ópera, ou em que a filha do açougueiro Lipp cantava a "Rainha da Noite", assim como os tempos em que Menuhin, aos sessenta anos, regia na Konzerthaus, e Karajan, aos cinquenta, na Musikverein. Hoje só ouvimos os medíocres, sem nenhum valor. Os ídolos, os melhores, os intérpretes ideais e competentes tornaram-se velhos e incompetentes, disse Reger. Curiosamente, a geração atual não exige da música o mesmo nível altíssimo que exigíamos há quinze ou vinte anos. Isso se deve ao fato de ouvir música *ter se tornado, graças à tecnologia, uma banalidade cotidiana.* Ouvir música não é mais coisa extraordinária, hoje você ouve música por toda parte; onde quer que esteja, é verdadeiramente obrigado a ouvir música, em toda loja de departamentos, em cada consultório médico, por todas as ruas, é já impossível *escapar* da música; você quer fugir dela, mas não consegue, *esta nossa época é toda ela acompanhada de um fundo musical,* essa é que é a catástrofe, Reger diz. Nossa época trouxe consigo a *música total,* você é obrigado a ouvi-la em toda parte, do polo Norte ao polo Sul, na cidade e no campo, no mar ou no deserto, Reger diz. Faz tanto tempo que as pessoas vêm sendo cotidianamente entupidas de música que perderam toda sensibilidade para ela. Esse horror, é natural, repercute também nos concertos que você ouve hoje em dia, nada mais há de extraordinário, porque toda a música do mundo inteiro é extraordinária, e, onde tudo é extraordinário, naturalmente nada mais o é, chega a ser comovente, Reger diz, quando dois ou três virtuoses risíveis se esforçam ainda para ser extraordinários, porque não são mais, já não podem ser. O mundo está *absolutamente impregnado de música total*, disse Reger, essa é que é a infelicidade, a cada esquina você ouve música extraordinária e perfeita em tal quantidade que, na verdade, precisaria ter tapado há muito tempo os canais auditivos para não enlouquecer. Como não têm mais nada, as pessoas atualmente sofrem de um consumismo musical doentio, Reger diz, e a indústria, que guia essa humanidade de hoje, vai impulsionar a tal ponto esse consumismo musical que ele acabará pondo fim aos homens; hoje se fala tanto no lixo e na química a acabar com tudo, mas a música é ainda mais aniquiladora que o lixo e a química, é a música que, por fim, vai acabar com tudo e todos, e em sua *totalidade*, é o que tenho a lhe dizer. Em primeiro lugar, a indústria da música vai acabar com os canais auditivos dos homens e, depois, como consequência lógica, com os próprios homens, essa é que é a verdade, Reger diz. O ser humano totalmente aniquilado pela indústria da música, isso eu já vejo, disse Reger, essas massas de vítimas da indústria musical que povoam os continentes com seu fedor musical de putrefação, meu caro Atzbacher, *essas pessoas já pesam na consciência da indústria musical* e, por fim, é bastante provável que toda a humanidade venha a pesar na consciência da indústria musical, e não apenas na da química e na do lixo, é o que lhe digo. A indústria da música é a assassina em massa, ela é a verdadeira assassina em massa da humanidade e, se mantiver seu curso atual, a humanidade não terá mais nenhuma chance em algumas décadas, meu caro Atzbacher, Reger diz agitado. Logo, logo, uma pessoa de audição sensível já não poderá caminhar pelas ruas; se você vai a um café, a um restaurante ou a uma loja de departamentos, por toda parte tem de ouvir música, quer queira quer não; viaje você de trem ou de avião, hoje a música o persegue por toda parte. Essa música incessante é a coisa mais brutal que a humanidade tem de aguentar e suportar hoje em dia, Reger diz. Desde manhã cedo até tarde da noite, a humanidade é entupida de Mozart e Beethoven, de Bach e Händel, disse ele, aonde quer que vá, você não vai escapar dessa tortura. Chega a ser um milagre, disse Reger, que também aqui, no Kunsthistorisches Museum, ainda não ouçamos música sem cessar, era só o que faltava. *Depois do enterro da minha mulher, passei seis semanas trancado no apartamento da Singerstraße, não deixava entrar nem a governanta,* Reger diz. Terminado o funeral, ele havia se dirigido a um templo logo ao lado e acendido uma vela, sem saber por quê, na verdade; e o curioso é que saíra do templo diretamente para a igreja, a catedral de Santo Estêvão, onde também acendeu uma vela, de novo sem saber ao certo por quê. E, tendo acendido a vela na catedral de Santo Estêvão, desceu um trecho da Wollzeile pensando em se suicidar. Mas não tinha uma ideia clara de *como* fazê-lo e, por fim, *consegui afastar da cabeça,* ao menos por um curto período, a ideia do suicídio, Reger me diz. *Podia escolher entre ficar dias, talvez semanas, caminhando de um lado para outro pela cidade e me trancar por semanas em casa,* Reger me diz, *e me decidi por passar semanas trancado em casa.* Depois do enterro da mulher, ele não quis mais ver ninguém nem comer coisa nenhuma, mas tão somente beber água é coisa que ninguém aguenta fazer por mais de três ou quatro dias, e ele de fato emagrecera rapidamente, até que, certa manhã, *mal teve forças para se levantar da cama, o que foi um sinal,* Reger me diz, e comecei a comer de novo e voltei a me ocupar de Schopenhauer, era justamente dele que nos ocupávamos, minha mulher e eu, quando ela caiu atrás de mim e *quebrou o chamado colo do fêmur,* Reger diz pensativo. Nessas seis semanas trancado, falei apenas duas ou três vezes por telefone com o administrador de meus bens e li Schopenhauer, foi pro-

165

vavelmente o que me salvou, Reger diz, embora não tenha certeza se foi correto eu *ter* me salvado, ele diz, provavelmente teria sido melhor eu *não ter* me salvado, ter, portanto, me suicidado. Contudo, já a correria dos preparativos para o funeral não me deixara tempo nenhum para me matar. Se a gente não se mata *de imediato*, não se mata mais, isso é que é terrível, disse ele. Temos o desejo de morrer, tal qual a pessoa que mais amamos, mas não nos matamos, pensamos em nos matar, mas não o fazemos, disse Reger. Curiosamente, não suportava música nenhuma ao longo daquelas seis semanas, não me sentei ao piano nem uma única vez; *em certo momento, fiz uma tentativa apenas em pensamento com uma peça do* Cravo bem temperado, *mas logo desisti*, não foi a música que me salvou naquelas seis semanas, *foi Schopenhauer, volta e meia algumas linhas de Schopenhauer*, Reger diz. *Tampouco Nietzsche, apenas e tão somente Schopenhauer.* Sentado na cama, eu lia algumas linhas de Schopenhauer, refletia sobre elas, e tornava a ler mais algumas frases e a refletir, Reger diz. Passados quatro dias em que só bebi água e li Schopenhauer, comi pela primeira vez um pedaço de pão, tão duro que precisei de uma faca de carne para fatiá-lo. Sentei-me na banqueta à janela da Singerstraße, aquele banco Loos horrível, e olhei para a rua, lá embaixo. Imagine você, era fim de maio e o vento ainda levantava a neve do chão, disse ele. Eu evitava as pessoas. Contemplava-as da janela para a Singerstraße, corriam de um lado para outro carregadas de roupas e mantimentos, e me enojavam. Pensei comigo que não queria mais voltar para o convívio daquela gente, *para aquelas pessoas, não*, e outras não há, Reger diz. Ao olhar lá para baixo, para a Singerstraße, tomei consciência de que não existiam outras pessoas além daquelas que, lá embaixo, corriam de um lado para outro. Eu olhava lá para baixo, para a Singerstraße, odiava aquelas pessoas e pensei que não queria mais voltar para o convívio delas, Reger diz. Não quero mais voltar para essa vulgaridade e essa mesquinhez, disse a mim mesmo, Reger diz. Abri diversas gavetas de várias cômodas, examinei-as e me pus a retirar dali fotografias, escritos e cartas pertencentes a minha mulher, que, então, fui dispondo lado a lado sobre a mesa, e, enquanto contemplava aquilo tudo, meu caro Atzbacher, tenho de dizer, porque sou uma pessoa honesta, que chorei. De repente, dei livre vazão a minhas lágrimas, fazia décadas que não chorava e, de súbito, dei vazão a minhas lágrimas, Reger diz. Sentado ali, dei vazão a minhas lágrimas, chorei e chorei e chorei e chorei, Reger diz. Fazia décadas que não chorava, desde a infância, e de repente dei livre vazão a minhas lágrimas, disse-me Reger no Ambassador. Não tenho nada a esconder, nada que precise calar, disse ele, *aos oitenta e dois anos não tenho mais nada a esconder ou calar*, disse Reger, e portanto não tenho por que calar que nessa ocasião chorei muito, chorava a todo momento, passei dias chorando, Reger diz. Sentado ali, olhava as cartas que minha mulher me escrevera ao longo dos anos, lia os apontamentos que ela fizera ao longo dos anos, e chorei muito. Naturalmente, acostumamo-nos a uma pessoa com o passar das décadas, nós a amamos por décadas e, por fim, a amamos mais que qualquer outra, acorrentamo-nos a ela e, quando a perdemos, é de fato como se tivéssemos perdido *tudo*. Sempre acreditei que a música significava tudo para mim, ou por vezes a filosofia, a alta, altíssima, a suprema literatura ou simplesmente a arte como um todo, mas tudo isso, toda a arte, qualquer que ela seja, não é nada comparada àquela única pessoa que amamos. Quanta coisa não fizemos a essa única pessoa amada, disse Reger, quantos milhares, quantas centenas de milhares de vezes causamos dor a essa pessoa que tanto amamos, mais que a qualquer outra, quanto não a atormentamos, e, no entanto, sempre a amamos mais que a qualquer outra, disse Reger. Quando essa pessoa que amamos mais que a qualquer outra neste mundo morre, ela

167

nos deixa com um peso terrível na consciência, disse Reger, com uma consciência horrivelmente pesada, com a qual teremos de seguir existindo depois da morte dela, um peso que, um dia, vai nos sufocar, disse Reger. Todos os livros e escritos que juntei ao longo da vida e levei para a Singerstraße, enchendo com eles aquelas estantes, tudo aquilo de nada me valeu afinal, eu tinha sido abandonado por minha mulher, e todos aqueles livros e escritos eram ridículos. Nessas horas, acreditamos que poderemos nos apegar a Shakespeare ou Kant, mas isso é uma falácia, Shakespeare, Kant e todos os outros que, ao longo de nossa vida, alçamos ao posto de grandes, como se diz, nos deixam na mão justamente no momento em que tanto precisamos deles, Reger diz, não nos oferecem solução nem consolo, causam-nos de súbito tão somente nojo e estranheza, tudo que esses chamados grandes, tudo que essas figuras importantes pensaram e, depois, escreveram nos é indiferente, Reger diz. No momento decisivo, isto é, naquele ponto crucial de nossa vida, cremos que, como sempre, poderemos nos fiar nesses chamados grandes, nessas figuras importantes, mas isso é um equívoco, porque precisamente nesse momento crucial somos abandonados por esses grandes e importantes, por esses *imortais*, como se diz, que nesse momento decisivo nada mais nos oferecem além da certeza de que, *também em companhia deles, estamos sozinhos*, entregues a nossa própria sorte, e num sentido absolutamente terrível, Reger diz. Apenas e tão somente Schopenhauer me ajudou, *porque simplesmente abusei dele para poder sobreviver*, disse-me Reger no Ambassador. Tendo Goethe, Shakespeare e mesmo Kant me enojado, em meu desespero mergulhei simplesmente em Schopenhauer, com quem sentei no banco que dava para a Singerstraße a fim de conseguir sobreviver, porque, ouça-me, Atzbacher, de súbito queria sobreviver, não queria morrer, não queria *acompanhar* minha mulher em sua morte, e sim ficar *aqui, neste mundo*, disse Reger no Ambassador. Naturalmente, Schopenhauer só me deu uma chance de sobrevivência porque abusei dele para meus propósitos *e efetivamente o falseei da maneira mais vulgar*, Reger diz, fazendo dele pura e simplesmente o remédio para minha sobrevivência que ele, na verdade, não é de jeito nenhum, como tampouco o são os outros que mencionei. Nós nos fiamos a vida toda nos grandes intelectos e nos chamados Mestres Antigos, Reger diz, que, então, nos decepcionam mortalmente, porque, no momento decisivo, não cumprem seu papel. Entesouramos esses grandes intelectos e Mestres Antigos e acreditamos que, no momento decisivo para nossa sobrevivência, poderemos usá-los para nossos propósitos, o que nada mais significa que *ab*usar deles para esses nossos propósitos, num equívoco que se revela mortal. Enchemos nossa caixa-forte intelectual desses grandes espíritos e Mestres Antigos e, no momento decisivo, recorremos a eles; só que, quando abrimos esse nosso cofre intelectual, ele está vazio, essa é que é a verdade, vemo-nos diante de uma caixa-forte intelectual vazia e nos descobrimos, então, sozinhos e inteiramente desamparados, Reger diz. O ser humano entesoura coisas as mais diversas por toda a vida e, no fim, vê-se vazio, ele diz, inclusive no tocante a sua fortuna intelectual. Que fortuna intelectual gigantesca não acumulei, disse Reger no Ambassador, e agora, no fim, vejo-me completamente vazio. Foi apenas mediante um truque barato que consegui abusar de Schopenhauer para meu intento, ou seja, para o propósito da minha sobrevivência, Reger diz. De repente, você se dá conta do que é o vazio, quando se vê entre os milhares e milhares de livros e escritos que o abandonaram por completo e que, de uma hora para outra, nada mais representam do que esse vazio terrível, Reger diz. Quando você perde a pessoa que lhe era mais próxima, tudo é vazio, olhe você para onde quiser, tudo estará vazio, você olha, olha e vê que tudo está *realmente vazio*, e para sempre, Reger diz. E percebe, então, que não foram os grandes intelectos e os Mestres Antigos que o mantiveram vivo durante décadas, e sim aquela única pessoa, a quem você amou como a nenhuma outra. E ao percebê-lo, na companhia dessa percepção, está sozinho, nada, ninguém pode ajudá-lo, Reger diz. Você se tranca em casa e se desespera, ele diz, e se desespera mais profundamente a cada dia, e mergulha de uma semana a outra em desespero ainda mais desesperado, Reger diz, até que de repente escapa. Levanta-se e sai desse desespero letal, ainda tem forças para sair desse mais profundo desespero, Reger diz, e eu de repente me levantei do banco à janela da Singerstraße, ele diz, saí de meu desespero, desci para a rua e caminhei umas poucas centenas de metros rumo ao centro da cidade; levantei-me do banco à janela da Singerstraße, saí de casa e fui para o centro da cidade pensando em fazer só mais uma tentativa, uma última tentativa de sobrevivência, Reger diz. Saí do prédio da Singerstraße pensando em fazer mais uma única tentativa de sobreviver e, assim pensando, caminhei rumo ao centro da cidade, Reger diz. E essa tentativa de sobrevivência foi bem-sucedida, provavelmente levantei-me do banco à janela da Singerstraße no momento decisivo, provavelmente no último minuto, e desci para a Singerstraße, lá embaixo, de onde caminhei para o centro da cidade, Reger diz. Depois, naturalmente, já de volta em casa, sofri um revés após o outro, *você pode bem imaginar que só essa única tentativa de sobrevivência não bastou, precisei fazer muitas centenas delas*, e as fiz muitas vezes, sempre me levantando do banco à janela da Singerstraße e descendo até a rua para, outra vez, me misturar de fato às pessoas, para caminhar entre *aquelas* pessoas, até que por fim me salvei, Reger diz. Pergunto-me, é natural, se é certo, se afinal não é errado eu ter me salvado, mas não é disso que se trata, Reger diz. Morrer *em seguida* à pessoa amada é nosso desejo fervoroso, mas, depois, não é mais o que queremos, Reger diz, é nessa tortura e nesse desespero que existo, é preciso que você saiba, e há mais de um ano. Odiamos as pessoas e, no entanto, queremos estar com elas, porque só com elas e no meio delas temos alguma chance de sobreviver e não enlouquecer. Não aguentamos a solidão por tanto tempo assim, Reger diz, acreditamos que podemos ficar sozinhos, acreditamos poder viver no abandono, nos convencemos de que podemos seguir adiante sozinhos, Reger diz, mas é um devaneio. Acreditamos que podemos nos arranjar sem as pessoas, e *até que podemos nos arranjar sem uma única pessoa*, imaginamos mesmo que só teremos uma chance quando sozinhos, mas isso é devaneio. Sem as pessoas não temos a menor chance de sobreviver, disse Reger; ainda que tenhamos por companhia muitos grandes intelectos e muitos Mestres Antigos, *eles não substituem uma única pessoa*, Reger diz, e, *no fim, somos abandonados por esses chamados grandes intelectos e por esses chamados Mestres Antigos, e vemos que esses grandes intelectos e Mestres Antigos ainda zombam de nós da maneira mais vil*, e constatamos então ter sempre existido apenas numa relação de zombaria com todos esses grandes intelectos e todos esses Mestres Antigos. De início, como disse, Reger diz ter se alimentado apenas de pão e água no apartamento da Singerstraße; em seguida, por volta do oitavo ou nono dia, teria comido um pouco de carne enlatada, que ele mesmo teria preparado na cozinha, com ameixas secas amolecidas e macarrão cozido em água quente, mas, depois, sempre passava mal. No oitavo ou nono dia, teria então chamado de volta a governanta e a enviado para comprar comida no Hotel Royal, defronte do apartamento na Singerstraße. *Eu comia sentado ali, como um cão*, Reger diz. Tinha acertado um bom preço com o Hotel Royal, que, *a partir do fim de maio, começou a me fornecer diariamente, por intermédio da governanta — que sempre chamávamos de Stella embora ela se chamasse Rosa!* —, Reger diz, *uma sopa e um prato principal, entregues em embalagens de alumínio adquiridas para esse fim específico. Eu pagava duas porções,* disse--me Reger no Ambassador, *comia metade de uma, a governanta comia a outra porção e meia,* ele diz. Eu comia aquela comida do Hotel Royal com certa relutância, Reger diz, mas comia, porque não me restava outra alternativa, comia porque precisava comer, ele diz, mas já a visão da governanta, que naturalmente sentava-se à minha frente durante essas refeições, me enojava, nunca fui capaz de suportar aquela governanta, que de resto sempre foi a governanta da minha mulher, eu jamais a teria contratado, Reger diz, aquela criatura estúpida, mentirosa, ele diz, que de fato sentava-se diante de mim e comia uma porção e meia da comida do Royal, enquanto eu próprio comia apenas meia porção. Governantas, a gente tolera porque, do contrário, sufocaria na própria sujeira, disse Reger no Ambassador, mas, de modo geral, elas são sempre repugnantes. Dependemos da governanta, isso é que é, Reger diz. Ela sempre voltava do Hotel Royal com a comida que *ela* queria comer, que ela escolhera *para si,* e não com algo que me apetecesse. Prefere carne de porco e, portanto, sempre trazia carne de porco, mas, se me perguntam, Reger diz, eu só como carne de vaca. Sempre comi carne de vaca, mas as governantas quase sempre comem carne de porco. Depois da morte da minha mulher, e imediatamente após o enterro, Reger diz, a governanta me chamou a atenção para o fato de que minha mulher havia lhe *deixado* uma coisa ou outra, Reger diz, embora eu saiba que minha mulher não deixou coisa nenhuma para a governanta, já que nunca pensou que fosse morrer e, portanto, *não falou com ninguém sobre nenhum legado ou herança,* nem mesmo comigo, que dirá com a governanta. A governanta, porém, logo após o enterro, veio até mim para me dizer que minha mulher teria lhe deixado isso e aquilo, vestidos, sapatos, louça, tecido etc. Governantas, afinal, não se deixam intimidar por nenhum tipo de situação embaraçosa, disse Reger no Ambassador.

Não têm a menor vergonha de exigir o que quer que seja. Sempre e por toda parte elas são louvadas, embora as pessoas saibam muito bem que as governantas de hoje não são dignas de louvor, suas exigências são repugnantes, e seu trabalho, um desmazelo absoluto, mas as pessoas as adulam, dizem que elas são louváveis, porque dependem delas, disse Reger no Ambassador. Nunca, nem por um minuto, minha mulher pensou em deixar alguma coisa para a governanta, mesmo dois dias antes de sua morte ela não imaginava que iria morrer, como poderia, então, ter prometido alguma coisa à governanta?, Reger diz. Ela está mentindo, pensei, quando a governanta veio me chamar a atenção para o fato de que minha mulher lhe havia prometido objetos diversos, e os presentes ao enterro ainda nem bem tinham deixado o cemitério quando ela veio até mim para me dizer que minha mulher lhe prometera isso e aquilo. Volta e meia defendemos as pessoas porque não podemos nem queremos acreditar que elas possam ser tão vis, até que descobrimos que elas são, sim, vis a um ponto que nem julgávamos possível. Várias vezes, comigo ainda à beira da cova aberta, a governanta dissera a palavra "frigideira", Reger diz, imagine você, sempre aquela palavra, "frigideira", enquanto eu ainda estava ali, à beira da cova aberta. Durante semanas, ela empestou-me os ouvidos com aquela mentira infame de que minha mulher lhe prometera *muita coisa*. Eu, porém, *não lhe dei ouvidos*, como se diz. Somente três meses depois da morte de minha mulher, disse à governanta que *escolhesse alguns* vestidos, os quais eu pretendia dar às sobrinhas de minha mulher, e que só levasse da cozinha as panelas que lhe fossem de alguma serventia. Você nem imagina como ela se comportou!, Reger diz. Foi pendurando nos braços um monte de vestidos e enfiando-os em sacos de cem quilos que providenciara apenas para tanto, volta e meia tornava a encher os braços com os vestidos da minha mulher e os metia nos sacos de cem quilos, até não caber mais nada ali dentro. Assisti à cena perplexo. Ela corria feito uma desvairada pelo apartamento, juntando tudo que podia juntar. No fim, encheu até a boca cinco sacos de cem quilos e o que não conseguiu enfiar neles, socou tudo em três malas grandes. E, por fim, apareceu também sua filha para, junto com a governanta, levar lá para baixo sacos e malas; na Singerstraße, aguardava-as uma caminhonete que a filha alugara. Depois de descer sacos e malas para a rua, a governanta ainda juntou dezenas de panelas no chão da cozinha, sem nem me perguntar se podia levá-las também. Essas panelas *ela deixou para mim*, disse, enquanto passava uma corda pelos cabos, a fim de juntar as panelas e poder carregá-las melhor até a Singerstraße, lá embaixo. Fiquei parado ali, perplexo, observando a governanta e sua filha, que, como se possuídas, arrastaram também as panelas para fora do apartamento. Minha mulher jamais vira a filha da governanta, Reger diz, se a tivesse visto uma única vez ao longo dos muitos anos em que a governanta trabalhou para nós, a visão a teria horrorizado, ele diz. Quanto mais investimos nas pessoas, como se diz, quanto melhores somos para elas, tanto mais terrível é a paga, disse Reger no Ambassador. Essa experiência com a governanta e sua filha de fato tornou a me ensinar como o ser humano pode ser profundamente hediondo, Reger diz. As chamadas classes inferiores, e esta é a mais pura verdade, são tão ordinárias, vis e hipócritas quanto as superiores. Essa é, afinal, uma das características mais repugnantes de nosso tempo, ou seja, que sempre se diga que as pessoas chamadas simples, que os chamados oprimidos, são bons e os demais, ruins, mas trata-se de hipocrisia das mais repulsivas que conheço, Reger diz. As pessoas são, todas elas, igualmente vis e ordinárias e hipócritas, Reger diz. A chamada governanta não é em nada melhor que a chamada patroa, e hoje, na verdade, é precisamente o contrário — como, aliás, tudo hoje é o contrário —, disse Reger, a governanta é que é a patroa, e não o contrário. Os chamados impotentes são hoje os poderosos, e não o contrário, disse Reger no Ambassador. Enquanto ele contemplava o *Homem de barba branca*, eu ouvia o que ele me dissera no Ambassador, que tudo hoje é o contrário, o que ele repetia a todo momento: *Tudo hoje é o contrário.* Estando eu ainda à beira do túmulo, disse, a governanta já intentava me convencer, afirmando que minha mulher lhe deixara o casaco verde de inverno que comprara certa vez em Badgastein. Justamente aquele casaco bonito e caro minha mulher teria deixado para a governanta, disse Reger revoltado. Essas pessoas se aproveitam de toda e qualquer situação, nada as detém; por mais burras que sejam, fazem de tudo, até o mais repugnante, para obter alguma vantagem. E nós vivemos caindo nessa sua esparrela, porque, naturalmente, em se tratando do cotidiano repugnante, elas nos superam, Reger diz. Também a falsidade para com o povo é repugnante, disse Reger, a promessa de fazer alguma coisa por ele que é tão característica dos políticos, por exemplo. Se nutrimos uma concepção idealista das coisas, o que logo se revela é que essa concepção nada mais é que absurda, Reger diz; precisamos saber envelhecer, disse ele ainda, não há nada de mais repulsivo que bajular a juventude, um velho que bajula a juventude é coisa que sempre me repugnou profundamente, meu caro Atzbacher; o homem de hoje, prosseguiu, está entregue à própria sorte, desprotegido, o que temos hoje é uma humanidade totalmente entregue à própria sorte e totalmente desprotegida; uma década atrás, as pessoas ainda se sentiam de certo modo protegidas, mas hoje veem-se inteiramente desprovidas de proteção, disse Reger no Ambassador. Não há mais como se esconder, já não há esconderijo, isso é que é terrível, Reger diz, tudo é totalmente transparente e, com isso, as pessoas se tornaram totalmente desprotegidas; isso significa que hoje não existe mais nenhuma possibilidade de fuga, por toda parte, onde quer que estejam, as pessoas são incitadas, instigadas, fogem, buscam refúgio e no fim não encontram um único buraco que lhes permita escapar, a não ser na morte, essa é que é a realidade, Reger diz, isso é que é inquietante, o mundo já não oferece quietude, apenas e sempre inquietação. E você tem de se haver com esse mundo inquietante, Atzbacher, queira você ou não, *está à mercê desse mundo inquietante, de corpo e alma*, e se tentam convencê-lo de que não é assim, é de uma mentira que estão tentando convencê-lo, essa mentira que hoje lhe martelam sem cessar nos ouvidos, na qual se especializaram sobretudo os políticos e os falastrões da política, Reger diz. O mundo é uma inquietude só, na qual pessoa alguma encontra proteção, ninguém, disse Reger no Ambassador. Agora, olhando para o *Homem de barba branca*, ele dizia que a morte de sua mulher não fora apenas seu grande infortúnio, mas o havia libertado também. Com a morte de minha mulher, eu me libertei, disse, e quando digo que isso me fez *livre*, quero dizer *totalmente livre, livre por inteiro, completamente livre*, se é que você sabe ou ao menos intui o que isso quer dizer. Já não espero a morte, ela virá por si só, virá sem que eu pense nela, e para mim tanto faz quando. A morte da pessoa amada é, de resto, nossa libertação monstruosa de todo o nosso sistema, dizia Reger agora. Com esse sentimento de que agora sou inteiramente livre existo já há um bom tempo. *Hoje, que venha o que tiver de vir, seja lá o que for, não preciso me defender, não me defendo mais, assim é*, dizia Reger agora. Ele contemplava o *Homem de barba branca* e dizia agora que, de fato, sempre amara aquele *Homem de barba branca*, jamais gostei de Tintoretto, e sim do *Homem de barba branca* de Tintoretto. Há mais de trinta anos contemplo o quadro e ainda sou capaz de seguir olhando para ele, não conseguiria contemplar nenhum outro quadro por mais de trinta anos. Os Mestres Antigos nos cansam com muita rapidez, se os contemplamos inescrupulosamente, e sempre decepcionam quando os submetemos a exame mais pormenorizado, quando, por assim dizer, os transformamos inescrupulosamente em objeto de nossa compreensão crítica. Nenhum desses chamados Mestres Antigos resiste a essa contemplação verdadeiramente crítica, dizia Reger agora. Leonardo, Michelangelo, Ticiano, a nossos olhos tudo isso se dilui com incrível rapidez e se revela, por fim, uma arte precária da sobrevivência, uma precária tentativa de sobrevivência, por mais genial que seja. Goya, sim, é osso mais duro de roer, disse Reger, mas também ele nos é inútil e, em última instância, não significa nada para nós. Tudo o que vemos aqui no Kunsthistorisches Museum, que não possui um Goya, dizia Reger agora, não significa mais nada para nós, em última instância, isto é, *no momento decisivo da nossa existência*, não significa mais coisa nenhuma para nós. Se os estudamos intensamente, mais cedo ou mais tarde encontraremos em todos esses quadros alguma inabilidade, e, de fato, se formos intransigentes, mesmo nas criações mais grandiosas e importantes encontraremos algum erro, um *erro grave* que nos arruinará pouco a pouco todas essas pinturas, provavelmente em virtude de nossa expectativa demasiado alta, Reger diz. Toda arte nada mais é, afinal, que uma arte da sobrevivência, um fato que não podemos desconsiderar; ela é, em suma, sempre nossa tentativa, capaz de comover até mesmo o intelecto, de nos havermos com este mundo e suas adversidades, o que, sabemos bem, só podemos fazer com o auxílio da mentira e da hipocrisia, da falsidade e do autoengano, Reger diz. Todos estes quadros estão repletos de mentiras e hipocrisias, cheios de falsidade e autoengano; se abstraímos da destreza muitas vezes genial que exibem, nada mais há neles. Todas estas pinturas são, ademais, expressão do desamparo absoluto do ser humano, de sua incapacidade de se haver consigo mesmo e com tudo aquilo que o circunda durante toda a sua vida. É isso, enfim, que todos estes quadros expressam, esse desamparo que, por um lado, envergonha e, por outro, consterna e comove a mente, Reger diz. O *Homem de barba branca* resistiu durante mais de trinta anos a meu intelecto e a meus sentimentos, Reger diz, e, por essa razão, é para mim a obra mais preciosa em exposição aqui no Kunsthistorisches Museum. Como se já soubesse disso há mais de trinta anos, trinta anos atrás sentei-me pela primeira vez neste banco, *bem defronte do Homem de barba branca. Todos esses chamados Mestres Antigos fracassaram, condenados todos, sem exceção, a fracassar, um fracasso que o observador pode constatar em cada detalhe de sua arte, em cada pincelada*, Reger diz, *na menor e mais insignificante miudeza*. À parte o fato de que todos esses chamados Mestres Antigos só foram efetivamente geniais num ou noutro detalhe de sua obra, nenhum deles pintou um quadro cem por cento genial, isso nenhum desses chamados Mestres Antigos jamais conseguiu fazer; sempre fracassaram, seja num queixo, num joelho ou numa pálpebra, Reger diz. A maioria fracassou ao pintar mãos, não há um único quadro aqui no Kunsthistorisches Museum em que se possa ver uma só mão pintada com genialidade ou mesmo de maneira extraordinária, apenas essas mãos sempre tragicômicas e malogradas, Reger diz, veja nestes retratos todos, inclusive nos mais famosos. Nenhum desses chamados Mestres Antigos conseguiu pintar ao menos um queixo extraordinário, ou um joelho efetivamente bem-sucedido. El Greco nunca conseguiu pintar nem sequer uma única mão, suas mãos sempre parecem luvas de banho molhadas e sujas, dizia Reger agora, mas o Kunsthistorisches Museum não tem nenhum El Greco. E Goya, que o Kunsthistorisches Museum tampouco tem, esquivou-se de pintar *com nitidez* uma única mão que fosse; em se tratando das mãos, até mesmo Goya permaneceu um diletante, esse terrível e formidável Goya, que situo acima de todos os outros artistas que algum dia pintaram, Reger diz. E, além disso tudo, é muito deprimente ver aqui no Kunsthistorisches Museum tão somente uma arte que se há de chamar de estatal, a arte estatal católica dos Habsburgo, hostil ao intelecto. Há décadas, é sempre a mesma coisa, eu venho ao Kunsthistorisches Museum e penso que o museu nem um Goya tem! Que não tenha um El Greco não é, para mim e para minha concepção de arte, nenhum infortúnio, mas que o Kunsthistorisches Museum não tenha um Goya é, com efeito, uma infelicidade, Reger diz. Se avaliamos o Kunsthistorisches Museum com base numa escala mundial, Reger diz, temos de reconhecer que, contrariamente a sua fama, ele não é de forma alguma um museu de primeira categoria, uma vez que não tem o grande Goya, o maior de todos. A isso vem se juntar o fato de o Kunsthistorisches Museum refletir inteiramente o gosto dos Habsburgo, e os Habsburgo, afinal, ao menos em matéria de pintura, tinham um gosto artístico repulsivo, absolutamente insípido e católico. Na pintura, os Habsburgo, católicos, não tinham grande interesse, assim como na literatura, porque pintura e literatura sempre lhes pareceram *as artes mais perigosas, ao contrário da música*, que jamais lhes poderia oferecer perigo nenhum e que, justamente por serem insípidos, os católicos Habsburgo *permitiram que florescesse plenamente*, como li certa vez num daqueles chamados *livros de arte*. A verdade é que é a hipocrisia dos Habsburgo, a imbecilidade dos Habsburgo, a perversidade da crença dos Habsburgo que preenchem todas estas paredes, Reger diz. E, em todas estas pinturas, mesmo nas paisagens, o infantilismo perverso da fé católica. Essa falsidade vulgar da Igreja mesmo nas pinturas dotadas do maior, do mais alto grau de pretensão artística, isso é que é repugnante. Tudo que está exposto aqui, no Kunsthistorisches Museum, possui uma auréola católica, disso não excluo nem mesmo Giotto, Reger diz. Esses venezianos repugnantes, aferrando-se ao céu católico pré-alpino a cada pata que pintaram, dizia Reger agora. Entre as pinturas do Kunsthistorisches Museum, você não vê *um único rosto natural, mas apenas e sempre o vulto católico*. Experimente examinar por algum tempo uma cabeça bem pintada e, no fim, ela será apenas uma cabeça católica, Reger diz. Mesmo a grama nestas pinturas cresce como grama católica, e até a sopa nas tigelas holandesas nada mais é que sopa católica, dizia Reger agora. Catolicismo pintado sem a menor vergonha é o que tudo isso é, e nada mais, Reger diz. Venho há trinta e seis anos ao Kunsthistorisches Museum só porque aqui desfruto o ano inteiro da temperatura ideal de dezoito graus célsius, a melhor não apenas para as telas destas obras de arte, mas também para minha pele e sobretudo para minha cabeça altamente sensível, Reger diz. *Contemplação pormenorizada da arte, método suicida, certa maestria adquirida com a idade*, dizia Reger agora. *Não se trata de direito consuetudinário*, disse ele, *a rigor é ódio à arte, delírio artístico irreparável*. Sem dúvida, meu caro Atzbacher, estamos quase no auge de nossa época de caos e kitsch, disse ele, e: toda a Áustria nada mais é que um Kunsthistorisches Museum, um terrível *falseamento* católico e nacional-socialista da *democracia*, disse ele. Um lixo caótico é esta Áustria de hoje, esse Estadozinho ridículo que baba uma importância autoatribuída que não possui e que agora, quarenta anos depois da chamada *Segunda Guerra Mundial*, atinge seu ponto mais baixo como um Estado inteiramente amputado; esse Estadozinho ridículo no qual o pensamento se extinguiu e onde há meio século imperam apenas e tão somente a estupidez político-estatal mais vil e a crença burra no Estado, Reger diz. É um mundo confuso, brutal, ele disse. Velho demais para desaparecer, disse ele, estou velho demais para ir-me embora, Atzbacher, oitenta e dois, está me ouvindo? Sempre sozinho! Caí definitivamente na armadilha, Atzbacher. Para onde quer que olhemos neste país hoje, o que vemos é um escoadouro do que há de mais ridículo, disse Reger. Um delírio em massa catastrófico, disse ele. Todos andam mais ou menos deprimidos, você sabe, e dividimos com a Hungria a maior taxa de suicídios de toda a Europa. Muitas vezes pensei em ir para a Suíça, mas a Suíça seria pior ainda para mim. Você não tem como saber *como* amo nosso país, disse Reger, mas odeio profundamente este Estado; com *este* Estado, não quero ter mais nada a ver no futuro, ele me enoja todo dia. Todos aqueles que hoje atuam neste Estado, todos os que o governam, têm rostos pavorosos, estúpidos e primitivos, hoje você só vê neste país falido um amontoado gigantesco de lixo fisionômico horroroso, disse ele. Quanto não pensamos e dizemos na crença de que somos competentes, mas não somos, *essa é que é a comédia*; e quando nos perguntamos o que será do futuro — *essa é a tragédia*, meu caro Atzbacher. Irrsigler apareceu com o *Times* que Reger lhe pedira; bastava atravessar a rua defronte do Kunsthistorisches Museum, e lá estava uma banca de jornais. Reger apanhou o *Times*, levantou-se, deixou a Sala Bordone e, com passos mais resolutos que de costume, conforme me pareceu, desceu a grande escadaria central rumo ao ar livre; eu o segui. Deteve-se diante do monumento vulgar a Maria Teresa e disse-me que eu provavelmente estava muito surpreso de, até agora, ele ainda não ter me contado o *verdadeiro* motivo *pelo qual* quisera me encontrar *hoje de novo* no Kunsthistorisches Museum. Pensei não acreditar em meus ouvidos quando ele disse que tinha comprado *dois ingressos para A bilha quebrada, dois lugares excelentes na plateia do Burgtheater*, e que a *verdadeira* razão pela qual me pedira para vir hoje de novo ao Kunsthistorisches Museum era seu desejo de me convidar para ir com ele assistir à peça no Burgtheater. Você sabe, faz décadas que não vou ao Burgtheater, e não há nada que eu mais odeie do que o Burgtheater e, *verdadeiramente, do que a arte dramática como um todo*, disse ele, mas ontem pensei em ir hoje ao Burgtheater para ver *A bilha quebrada*. Meu caro Atzbacher, Reger diz, não sei de onde saiu essa ideia de ir hoje, e com você, aliás, e ninguém mais, ao Burgtheater para ver *A bilha quebrada*. Pode me considerar louco, dizia ele agora, meus dias estão contados de qualquer forma, mas pensei de fato que você aceitaria ir comigo hoje ao Burgtheater, porque, afinal, *A bilha quebrada* é a melhor comédia alemã jamais escrita e, além disso, o Burgtheater é o palco mais importante do mundo. Atormentei-me por três horas, pensando na necessidade de lhe dizer que você teria de ir comigo ver *A bilha quebrada*, porque sozinho não vou ver *A bilha quebrada*, dizia Reger agora, escreve Atzbacher, três horas de tormento, refletindo sobre como lhe dizer que comprei dois ingressos para *A bilha quebrada*, e que os comprei *pensando apenas em mim e em você*, porque há décadas você só me ouve dizer que o Burgtheater é o palco mais horrendo do mundo, e de repente tem de ir justamente comigo *ao Burgtheater para ver A bilha quebrada*, algo que nem mesmo Irrsigler compreende. *Aceite o ingresso*, disse ele, *e venha comigo hoje à noite ao Burgtheater, compartilhe comigo dessa loucura perversa, meu caro Atzbacher*, disse Reger, escreve Atzbacher. Sim, respondi a Reger, escreve Atzbacher, *se é esse seu desejo expresso*, e Reger confirmou, *sim, é meu desejo expresso*, e deu-me o ingresso. De fato, fui com Reger à noite ao Burgtheater para ver *A bilha quebrada*, escreve Atzbacher. O espetáculo foi horroroso.

ESTA OBRA FOI COMPOSTA EM ELECTRA PELO ESTÚDIO O.L.M. / FLAVIO PERALTA
E IMPRESSA EM OFSETE PELA GRÁFICA BARTIRA SOBRE PAPEL PÓLEN SOFT
DA SUZANO S.A. PARA A EDITORA SCHWARCZ EM SETEMBRO DE 2021

A marca FSC® é a garantia de que a madeira utilizada na fabricação do papel deste livro provém de florestas que foram gerenciadas de maneira ambientalmente correta, socialmente justa e economicamente viável, além de outras fontes de origem controlada.